桃衣卿相

TAOYI QINGXIANG

鲁浩川 著

鲁浩川

全国百佳图书出版单位
时代出版传媒股份有限公司
安徽人民出版社

图书在版编目（CIP）数据

桃衣卿相 / 鲁浩川著 . -- 合肥 : 安徽人民出版社 , 2012.12
ISBN 978-7-212-06062-6

Ⅰ . ①桃… Ⅱ . ①鲁… Ⅲ . ①长篇小说－中国－当代Ⅳ . ① I247.5

中国版本图书馆 CIP 数据核字 (2012) 第 300437 号

桃衣卿相

作　　者 | 鲁浩川
出 版 人 | 胡正义
选题策划 | 张国平
责任编辑 | 杨迎会　王燕南
责任校对 | 王燕南
责任印制 | 范玉洁
营销推广 | 赵　旭
装帧设计 | 姚　姚　王艾迪

出　　版 | 时代出版传媒股份有限公司　http://www.press-mart.com
安徽人民出版社　http://www.ahpeople.com
合肥市政务文化新区翡翠路 1118 号出版传媒广场 8 楼
邮编：230071
发　　行 | 北京时代华文书局有限公司
北京市东城区安定门外大街 138 号皇城国际大厦 A 座 8 楼
邮编：100011　电话：010 - 64267120　010 - 64267397
印　　刷 | 北京中印联印务有限公司　电话：010-87331056
（如发现印装质量问题，影响阅读，请与印刷厂联系调换）

开　　本 | 787×1092　1/16
印　　张 | 14
字　　数 | 120 千字
版　　次 | 2013 年 2 月第 1 版　　2013 年 2 月第 1 次印刷
书　　号 | ISBN 978-7-212-06062-6
定　　价 | 24. 80 元

目录

引子 前世

高速公路上，一辆“雪铁龙”在飞驰。

车里有一男一女，气氛算不上融洽。

把着方向盘、紧绷着脸不说话的男人叫作殷小君，是一家贸易公司的业务经理。

坐在副驾驶座上的美女，是殷小君的未婚妻朱瑶瑶。她原本是个网拍模特，打算在嫁给殷小君之后做个全职太太。

所谓的“嫁给殷小君”，也不是多遥远的事情。现在他们正驱车前往民政局，准备登记领证。

“你妈妈这次也太过分了。”殷小君终究没忍住，打破了沉默。

“我妈过分？你妈才过分好不好！”朱瑶瑶将粉扑放进粉盒，立刻反击。

“原本谈得好好的，房产证上不写你的名字，你家里现在又突然变卦。”殷小君的火气很大，拔高音量吼道。

“是啊，我家里是变卦，你家里就没有？你家原本不是答应给套独立婚房嘛，现在呢？还不是要和父母住在一起？”朱瑶瑶冷笑一声，说道。

殷小君听了这话，怒气更盛。他刚准备反唇相讥，却瞥见后视镜里的一辆奔驰显得有点异常。

只见那辆车用飞一般的速度在走曲线，殷小君顿时反应过来——车主是酒后驾车，而且估计喝得还不少。

要是不快点避开，若两车相撞，后果不堪设想。

殷小君大惊失色，赶紧转着方向盘，准备让出一条道让那辆奔驰先过去。

朱瑶瑶见殷小君面色异常紧张，又紧闭着嘴不说话。她以为是“独立婚房”的问题戳到了他的痛处。所以，她扬扬得意地说道：“怎么不说话啦？是不是被我说破了阴谋，无话可说了？哼，我早就知道这一切都是你家里计划好了的……”

她的喋喋不休，被殷小君的一声怒吼打断：“你给我闭上嘴，别废话了好不好！”

他嘴上咆哮着，注意力一直集中在右侧的后视镜上，观察着那辆奔驰车的行驶轨迹。没想到，由于他只顾着躲避那辆奔驰，不知不觉中，他的雪铁龙越来越往左偏去。

左边车道上，有一辆丰田正在疾速行驶。

当殷小君从另一侧的后视镜里看见丰田的时候，知道为时已晚，但他还是努力控制着方向盘，力求在两车相撞时，将受到的损伤降低到最轻。

终于，几秒钟后，只听“嘭”的一声巨响，然后整个车子开始剧烈地晃动。

殷小君可以感觉到，雪铁龙被撞得冲出了高速公路的隔离栏，沿着小山坡翻滚着往下坠落。

他本能地用强壮的身体压在吓呆了的未婚妻身上，双手将她紧紧抱住。

“老公！啊！啊！”朱瑶瑶不顾一切地大叫着，瞪大了恐惧的双眼。

雪铁龙终于停止了翻滚，朱瑶瑶早就昏厥过去。殷小君还有微弱的意识，嘴唇上鲜血不断渗出，滴在未婚妻的脸上。

就在他想要翻转身体，推开扭曲的车门的时候，他听见了一声巨响。

那是爆炸引发的巨响。

伴随着身体被撕裂开的剧痛，他知道，一切都结束了。

原来真的有地府啊！

已经变成了鬼魂的殷小君和朱瑶瑶，走在横跨忘川河两岸的奈何桥上。

这桥非但狭窄幽长，而且似乎有一股无形的吸力，鬼魂们一旦踏在这桥上，就绝没有回头的可能性了。

殷小君发现自己几乎是腾空在移动。他又瞧瞧朱瑶瑶的双脚，也是足不沾尘。与其说他们俩在“行走”，倒不如用“漂移”更准确些。

四周环境阴森，还伴随着一股腐臭发霉的味道，难怪都说这地府只有小鬼才能生存，果然这里是不适宜人类居住的所在。

奈何桥的尽头，有一座破败的凉亭。亭子里坐着个老妇，她的脸如同一朵衰败的菊花，深深的皱纹沟壑纵横。她眯着眼，娴熟地将瓮里的茶汤分配到一盏盏茶盅里。

这茶汤，就是大名鼎鼎的“孟婆汤”了。

喝了孟婆汤，再往前走，有一个五彩斑斓的圆形巨轮。这巨轮在缓缓转动，每动一下，都牵扯着拴在法轮上的锁链发出“噶啦啦”的声响。锁链挂着数不清的符咒，伴着那声响随风摇曳。这就是投胎转世的关键所在——转生台。

鬼魂们踏上转生台，便可进入六道轮回，转世投胎。

那巨轮外缘刻着“转轮圣王”四个金色大字，轮上是“三世佛”的金身塑像。巨轮中间射出六道毫光，直射轮外，将巨轮分为六份：分别是天道、人道、修罗道、畜生道、饿鬼道、地狱道。

殷小君和朱瑶瑶远远瞧见这转世投胎的“生产线”，虽然心里不情不愿，可脚下都不由自主地慢慢朝前飘去。

这是主宰人类生死轮回的业力，不是靠殷小君和朱瑶瑶两个小鬼魂可以拗得过的。

就在这个时候，殷小君听到了朱瑶瑶的一声轻柔呼唤：“老公啊……”

他扭过头，见到了她饱含深情的双眼，眸子里透出的，是对他的依依不舍。

此刻他俩都已是灵体，所以殷小君并没有感觉到朱瑶瑶的小手已经握住了他的大手。

小手牵大手，我们一起走过这最后的路程。

殷小君不经意间低下头，视线触到她握着的手，顿时心如刀绞，不禁潸然泪下。

“刚才在车里……对不起。”想到在生命的最后一刻，他还在对朱瑶瑶发脾气，心中是无限的悔恨与内疚。

朱瑶瑶摇了摇头，回以平和的微笑：“老公，别说这些了。你看，再往前走，咱们就要喝孟婆汤了。据说喝了这汤之后，之前种种就都忘得一干二净了。这样，才可以心无杂念地投胎转世。”

殷小君明白她这话里的意思——再往前走一段，我们两人就要各奔来世前程，从此相忘了。他叹了口气，虽然心有不甘，却无力阻止这一切的发生。

“其实我们真蠢，为了一些身外之物吵得不可开交的。现在倒好，连个肉身都没有，就这么在空中飘来飘去，真是干干净净了。”朱瑶瑶苦笑着说道。

话音刚落，他俩已经站在了孟婆茶亭前。那老婆子不由分说地递过来两盏茶汤，一人手里一盏。

事已至此，多说也无用了。就在殷小君端起茶汤，要一饮而尽的时候，只听得一个尖细的声音从不远处飘来——“且慢！”

殷小君只听得“且慢”二字，不管三七二十一，先将茶盅搁回桌案上再说。

他见朱瑶瑶已经喝了一口，来不及思考，便一个箭步冲过去打掉了她手里的茶盅。

这孟婆汤果然厉害，朱瑶瑶才喝了一小口，便已昏昏沉沉，飘也飘不稳了。

殷小君将她搂进怀里，循声望去。只见一个穿着一袭白衣、兽面獠牙的妖怪三步并作两步地蹦 过来。

“白无常，你来做什么？”孟婆疑惑地问道。

哦，原来这厮便是白无常。

白无常脸上露出尴尬的表情，朝孟婆招招手，道：“来，老婆子。哎，你过来嘛。来来来，借一步说话。”

孟婆将手里的汤勺放下，嘴上嘀咕了几句，走到白无常面前不耐烦地说道：“到底有何事，你快点儿说，没瞧见我正忙着嘛！”

白无常左顾右盼，这才对孟婆附耳说了一番。

殷小君不敢凑过去，只好伸长脖子、竖起耳朵，想听到只言片语，可终究是徒劳无功。

“有这等事！？”孟婆听白无常说完，一脸惊愕。

“是啊，这地府里就属您老知道的门道多。还请您想个法子，救我兄弟一命吧！”白无常哀求道。

殷小君听了这话，暗自思量道：这白无常的兄弟，想必就是黑无常了。他俩和什么魑魅魍魉啊，牛头马面啊似乎都是替阎王爷办差的小鬼。这会儿听白无常的口气，似乎是黑无常捅了大娄子，要孟婆帮着擦屁股呢！

这黑无常……犯了什么错呢？

正这么想着，只听得那孟婆又说道：“既然如此，看来只好……”她一双浑浊的老眼朝殷小君怀中的朱瑶瑶瞟了一眼，继而问白无常道，“小子，你看这女子可以吗？”

白无常会意，立即紧随其后瞟了朱瑶瑶一眼，道：“年纪倒是差不多，只是……”

殷小君警惕地将朱瑶瑶抱紧，生怕别人——不，是别的鬼将她夺了去。听到朱瑶瑶嘴里呢喃着“老公……”他顿时觉得浑身涌起一股力量，瞪着孟婆和白无常，准备随时保护爱人。

那孟婆并不在意殷小君的这番举动。她眉头一皱，脸上的皱纹重新排列组合，拼成新的纹路，对着白无常就数落道：“臭小子，你还在这儿挑三拣四的？须知老太婆我这么帮你们，也是担着天大的干系的。你要是觉得那法子不行，那我便也别无他法了。你就眼睁睁地瞧着你兄弟受苦吧。说不定，阎王震怒……”

白无常听到“阎王震怒”四个字，吓得它本来煞白的面孔反倒有了血色。

“知道怕了就好。”孟婆的脸色这才好看一些，道，“我再问你最后一次，臭小子，你觉得这女子可好？”

孟婆说着，手指朝朱瑶瑶一指。

白无常无奈地点了点头，道：“都到了这份儿上了，还有什么好说的，就她了！”

“瑶瑶她不用喝孟婆汤了？”殷小君听了孟婆的话，先是一喜，又是一疑，问道，“为什么？”

“不为什么。”孟婆的声音冷冷的，“你快放开她，白无常要带她去转世投胎了。”

“那我呢？我也要喝吗？”殷小君指指桌案上的那盏茶汤。

“你当然要喝，哪有不喝我的茶汤就想转投来生的。”孟婆顺嘴一说，自觉失言，便飞快补了一句，“除非……除非是特殊状况。”

“什么特殊状况？”殷小君追问。

“这是哪里来的小子，怎么那么多废话。”白无常一副流氓状，他挥了挥手里那根雪白的人骨棍，威吓殷小君。

殷小君死死抱着未婚妻，道：“你们要是不把事情说个明白。我……我……我就不放手。”

他说着，才顿感自己的无力。在这阴曹地府，想和两个有法力的鬼差斗，力不从心啊！

看来无论是人间还是地府，民都斗不过官啊！

果然，白无常阴惨惨一笑，把那人骨棍朝朱瑶瑶一指，朱瑶瑶缓缓化作一缕青烟，飘进了白无常的大袖之中。

“哈哈哈，这小子还想和本差斗，你抱得再紧又如何？哈哈哈。”白无常一阵得意地狂笑。

“别光顾着笑啊，你快把我的茶汤给这小子灌下去。”孟婆对白无常催促道。

白无常闻言，端起一盅茶汤，慢慢逼近殷小君。殷小君想往后退，可他被白无常施了定身法，动弹不得，只好站在原地，看着白无常越靠越近。

就在他万念俱灰之时，眼前的白无常突然站住不动了。瞧那厮的眼神，似乎是看到了殷小君身后的什么东西，吓得不敢动弹了。

这里本就是阴曹地府，有可怕的东西一点儿都不奇怪——不，没有可怕的东西，反而才奇怪。可眼前这家伙本来就是个“可怕的东西”，还有什么会让白无常吓得不敢动弹的呢？难道是他们的领导阎王大人大驾光临了？

殷小君好奇地转过头，瞧见了不知何时站在他身后的那个一身官服、蓄着山羊胡子的家伙。瞧那家伙的样子，是个四十出头的中年男子。应该是这地府里的官员吧……看来非鬼即神，殷小君一时也猜不透他的身份。

只听白无常朝着那官，结结巴巴地问道：“崔……崔判官，您怎么到这儿来了？”

崔判官有着八字眉、小眼睛和蒜头鼻，相貌不是丑，而是极其丑。

“我不来能行吗？”崔判官对着白无常，官威十足地说道，“要不是我及时赶到，你们险些铸下大错！”他转而又对一旁战战兢兢的孟婆说道：“你这老婆子，好不晓事，怎么跟着白无常这小子一起胡闹？”

孟婆连声称诺，不敢造次。

殷小君还活着的时候，只知道地府里确实有崔判官这么一号人物，似乎是掌管着生死簿的。他也搞不清这家伙到底算是多大的官。现在看崔判官如此这般的架势，大约猜到在这地府之中，崔判官是个举足轻重的人物。

他想跪倒在地，却还是动弹不得，只好直挺挺站在原地向崔判官告起状来：“崔判官在上，我……哦，不不，小民……不，小鬼冤枉啊！”

崔判官被殷小君的这番话逗乐了，他笑着问道："哦？冤枉？你是说你死得冤枉呢，还是说你这孟婆汤喝得冤枉？"

"这……"殷小君挠着脑袋，不知道该说什么好，只好勉强答道，"反正，都冤枉。"

崔判官又是一笑，转而收起笑容，对白无常喝道："还不快解了定身法！？"

白无常只好挥了挥人骨棍，嘴里念了声："解。"

殷小君试了试，果然可以动弹了。他赶忙跪下，向崔判官求道："请您下令，让白无常放了我未婚妻吧！"

"你小子别得寸进尺！"白无常瞪了殷小君一眼，吼道。

崔判官只是轻轻咳嗽一声，白无常立即就软了下来，扭捏了片刻，最终还是将朱瑶瑶的魂魄放了出来。

朱瑶瑶经过这一番惊吓，已经不再昏昏沉沉了。她惊恐地飘向殷小君，一头钻在他怀里，吓得瑟瑟发抖。

"这位小哥，叫……叫殷小君，是吧？"崔判官从袖子里拿出了一本本子，翻看着说道。那本子上写着"生死簿"三个大字。

殷小君点点头，轻拍着朱瑶瑶的后背，边安抚她边对崔判官说道："我也不明白你们这地府里到底在搞什么鬼。我和我的未婚妻，我们的要求很简单——别人怎么转世投胎，我们也怎么转世投胎。如果你们非要不让她喝孟婆汤，也行。那我也不喝。如此正好，我们各自带着记忆，即便是重新投胎做人，长大了也好找到对方，再做夫妻。"

"好！真是感天动地，爱情可贵啊！"崔判官摇头晃脑地说道。

殷小君不知他葫芦里卖什么药，只好静观其变。

那崔判官捻须想了片刻，叫来孟婆问道："老婆子，我且问你，除了此女，再无其他合适的魂魄可选了吗？”

孟婆看着朱瑶瑶，道：“恐怕是没有了。”

崔判官点点头，这时白无常凑了过来，用谄媚的口气说道：“其实根本不劳判官您费心，我自有办法……”

“放屁！”崔判官捻须的手停了下来，绿豆眼一瞪，冲着白无常骂道，“你那黑鬼兄弟喝醉了酒，闯下了祸来，已是弥天大罪。你这小子，居然跑到这里想闯下更大的祸。你……你给我滚到一边去。”他说着，一脚把白无常踹出老远。

殷小君见了白无常的倒霉模样，偷笑不止。

“殷小君，我们谈个交易如何？”崔判官换上笑脸，问殷小君道。

“交易？什么交易？”

“你呢，将你的爱人交给我。”崔判官见殷小君要说话，示意他闭嘴，才继续道，“我不妨对你直说。一切只因黑无常这厮喝醉了酒，将一个本不该死的女子魂魄带到这地府之中。原本这也不是什么大事，本官替她还魂便是。只是这女子刚烈得很，还没踏上奈何桥，竟然自己跳入十八层地狱去了。”

崔判官故意隐去了黑无常调戏那名女子的经过。

“然后呢？”殷小君只顾着听交易的内容。

“由于该女子如今魂魄已散，这事儿要是被阎王老爷知道了，黑无常兄弟便是要大难临头了。”崔判官背着双手，踱了几步，又道，“殷先生，我想不如这样——你的爱人与那女子年龄相仿，我们暂且将她的魂魄附身进那女子体内……”

“你们想牺牲瑶瑶替黑无常蒙混过错！？”殷小君心头涌起一股怒气，“你想都别想！”

崔判官冷冷一笑，道：“殷先生，‘牺牲’两个字，是谈不上的。你爱人附身之后，那女子人间阳寿尽了，你爱人还可回到这里，重享转世投胎的权利。”

“那女子……是什么人？”很久没有说话的朱瑶瑶，听到这里，突然冒出一句来。

“大富大贵，绝对的大富大贵，而且貌美如花，地位显赫！”崔判官说得甚是诱惑。

“对对对，大富大贵，贵不可言。”白无常和孟婆也在一旁帮腔。

“当然，作为替我们办事的奖赏。我看这样吧，我准许殷先生你也不喝孟婆汤，让你附身在和那女子同时代的一名男子身上。我保证你附身后的生活，也是衣食无忧，而且你将俊美潇洒，身边美女如云。你看可好啊？”崔判官继续开出诱人的条件。

孟婆在一旁提醒道：“这样可妥当？让朱小姐附身那女子，是因为那女子阳寿未尽，不会出什么岔子。可让殷先生附身于一男子，那男子若是阳寿已尽，那就是替人延命。那男子若是阳寿未尽，便成了抢夺命格，这……”

“老婆子，休要多言！”崔判官喝断了她的唠叨。

他俩正说着话，不想朱瑶瑶酸溜溜地飘出一句来：“美女如云就不需要了。”

“呵呵，这位姑娘，你听我把话说完嘛。”崔判官笑着，他拿出生死簿，点着上面殷小君的名字，说道，“之所以要安排美女如云，便是要给殷先生一个考验。如果他历尽天下美女却不改其志，依然坚持找到小姐你，并且娶你回家。那即使将来阎王老爷查出我替人延了寿命，责罚下来，我也绝不后悔。但如果殷先生熬不住美色诱惑，对你变了心嘛……嘿嘿，那他就将永世不得转生轮回，再无下一世做人的机会。”

殷小君听了，倒抽一口冷气。却不想朱瑶瑶从他怀里挣脱出来，一口答应道："好好好！这样最好。"她扭过头对殷小君威风地说道，"这样一来，我们各自附身一个新的肉体，你还得继续追我，继续爱我。哈哈，我临死前还在想，当初答应你结婚太草率了，你都没有好好追我呢，现在好了，我要你追个够本！"

崔判官见缝插针地递过两张契约，说道："条件都写在上面了，两位过目一下，若是觉得可以接受，就签个字吧。"

朱瑶瑶想都不想，大笔一挥，把自己的名字签了上去。她见殷小君提笔踌躇着，不高兴地噘嘴道；"哼，就知道你对我不是真心的。怎么了？怕了？"

"谁怕了！？"殷小君被她一激，脑子一热，也签下了自己的姓名。

签过姓名，崔判官催促着他俩快飘到转生台上去。待他俩到了台上，崔判官口中念念有词，随着他嘴巴一张一合，那法轮开始逆向旋转，锁链发出"刺拉拉"难听的响声，咒符也晃动不止。

一束金光从六道法轮中射出，殷小君见朱瑶瑶的身形倏地变成了透明，料想自己也已是如此。他感觉有一股强大的吸力正将他俩吸入轮回入口，他拼尽全力，对崔判官吼道："老崔，你要把我们送去哪里啊？"

"大明正统十三年！"这是殷小君在地府里听见的最后一句话。

他们两人随着金光一起消失后，白无常千恩万谢地跑过来，对崔判官说道："多谢判官出手相助！"

"可老身还是担心……"孟婆焦虑地看了崔判官一眼。

崔判官阴阴地一笑，道："放心吧，爱情的力量，没有你们想得那么伟大。"

一 测字

自永乐十九年朱棣将国都迁至北平，距今已是二十七年了。如今是正统十三年二月，春寒料峭，乍暖还寒。

南京，这座虎踞龙盘、王气纵横的古城，在明初叫作“金陵”，后被洪武帝封为“南京”，定鼎南京时，又改名“京师”。之后到燕王靖难，江山易主，迁都北平后，此处又恢复了“南京”的称谓，成为朝廷留都。

成贤街位于四牌楼东侧，此处在明初可谓天下闻名。原来永乐帝朱棣在此设国子监，北及鸡笼山南麓，西至进香河，南临珍珠桥，东达小营。昔日国子监鼎盛时期，有来自国内外近万名监生吃、住在这里，盛世著书，煌煌巨著《永乐大典》便诞生于此。

如今国子监虽已不负昔时之盛，可成贤街两侧商铺老宅林立，街上行人如织，好不热闹。

人群中有一书生，十七八岁光景，生得唇红齿白，目如朗星，只是身材稍显单薄，那张俊脸虽是白净，却有一股病恹恹的气息如阴霾笼在脸上。他身着皂色缘边的玉色襕衫，走起路来两侧宽摆随风摇曳。他右手掌一把折扇，并未展开，而是边走边用扇轻轻点着左手掌心，嘴里哼着说不上名的小调，左顾右盼，好奇地打量着这条古街的每一处。

他走走停停，最后止步于一家酒肆的门口。这时的酒肆和现代“酒楼”稍有区别。大多只是供人喝酒的所在，虽也有些下酒的吃食，不过若真为了吃个肚圆，就要去“食肆”了。这家酒肆叫作“醉归楼”，有上下两层，好生气派。雕檐映日，画栋飞云。碧阑干低接轩窗，翠帘幕高悬户牖。门前挑出望竿，挂着酒旆，漾在空中飘荡。此处虽是一个访杜康的好去处，不过令他驻足的倒不是酒肆本身，而是酒肆门前的那个测字摊。

那测字摊旁竖个幡子，上书“一字道天机”五个大字，一位道姑打扮的少女端坐幡旁，一双妙目在街上扫视众生，恰与书生的视线撞个正着。

四目相对，书生瞧那道姑年纪甚小，至多不过十五六岁年纪，长得娇俏可人，乌溜溜的大眼睛里透出一股古灵精怪的灵气。可若道她不过是个小女孩，她却正襟危坐，又有种飘飘然仙家之气概。

书生反复把那幡子瞧了几遍，又仔细打量过这个小道姑，心想：一字道天机？好大口气！今日反正闲来无事，不如让她测上一测，好找个由头奚落她一番。心想至此，他立刻定了主意，抬步朝测字摊走去。

“这位有缘人，是要测字吗？”待书生在小道姑面前落座，道姑轻声问道。

“不错，正是要测字。”

道姑面无表情地递过白纸一张，毛笔一支，又将一砚研得的墨推到书生面前，道了声：“请。”

书生提起笔来，想了想，刚要落笔，提笔的手却又放了下来。他带着一丝不怀好意的笑容问道："敢问仙姑，这测一字，相酬几何？"

小道姑将他的坏笑尽收眼底，也带着笑意答道："若是公子觉得小道测得准，那便随意赠些钱财，若是觉得不准嘛……"她狡黠一笑，"若是觉得不准，就是撕了我的幡、砸了我的摊，我也毫无怨言。"

书生闻言大吃一惊，心想：这小道姑什么来头，真真是好大口气，难道她真测得那么准？他正这么想着，冷不丁又瞥到那幡子上"一字道天机"五个大字，暗暗道：我还就不信了！于是，他手起笔落，放下笔时，那白纸上已赫然有了一个"友"字。

"有缘人，这个'友'字，你要测什么？"

书生心中暗想：怎么着都得测个我知道结果的事情，我知道结果……如今是正统十三年……正统十三年……对了！就是这个"正统十三年"！哼哼，正统十三年。再过一年，就是赫赫有名的正统十四年——会发生使得明朝由盛转衰的那场战争的1449年。而这场战争的名字，便是著名的"土木堡之变"。这个道姑瞧样子就是个坑钱蒙人的鬼妹神婆，我既然知道一年后必定会发生这一场大劫，何不以此相问，待她测算有误，便可好好奚落她一番，叫她收了摊子，灰溜溜地回观里去。

想到这里，他不由脱口而出四个字："大明江山。"

照他暗自思量，这道姑或许会不敢测，或许只会一味说些"国泰民安"、"四海升平"来拍马屁，又或许会吓得直接走人。无论是哪一样，他都可以好好看笑话了。

不过……他突然又想到，虽说他知道一年后必然会发生"土木堡之变"，可未来的事情却如何说得清？难道要告诉她，我是穿越而来，所以知道一年后必然会发生何事？既然不能说，又如何驳斥她所谓“国泰民安”、“四海升平”的恭维？想到这里，书生又觉得所测之事着实欠妥当，可话已出口，也没收回来的法子了。

“哦？公子要以‘友’字测我大明江山？”这次换作她坏笑了一下，“公子虽然年纪尚小，却忧国忧民，心系天下，叫小道好生佩服啊！”

听到“年纪尚小”从这小丫头片子嘴里说出来，书生立刻反唇相讥道：“小仙姑虽然年纪尚幼，却也知忧国忧民者可敬，我心甚慰啊！”

小道姑脸上一红，似有些恼了，但她旋即就平复下来，微笑着说回了正题上：“这个‘友’字嘛……小道倒不是测不出来，只是……公子休嫌小道烦絮，公子果真要测我大明江山之凶吉？”

书生闻言冷笑一声，道：“也罢，量你小小丫头，不敢妄言我大明天下。”

“公子所言极是，妄言天下凶吉，小道自然不敢。”

书生听她这么说，笑得越发得意，正想开口说话，不想那小道姑却抢先开了口：“不过，这天下凶吉也没有什么难测之处，虽不敢妄言，可实言相告，却还是可以的。”

“啊？你……”书生还想说些什么，可突然又止住了。他瞧着这个娇俏的小道姑，心中竟对她可怜起来：哎，这可怜的小姑娘，她怎么可能会知道我是从2012年的上海穿越而来的呢？又怎么会知道一年后就要发生天下震动的大事件了呢？哎……可怜啊可怜，我这样戏弄她，是不是太残忍了？

他越瞧越觉得这小道姑长得漂亮，恻隐之心大动，打定主意：这小道姑也不过靠摆摊测字混口饭吃，想必也是个可怜之人，我虽没兴趣知道她的可怜之处，却不妨施她些钱财。想到这里，他从袖里摸出一小枚碎银，置于摊案上。然后他便站起身来，又瞧了几眼这倔强的小道姑，苦笑着摇了摇头，便准备离去。

“公子留步。”身后的小道姑不依不饶，声音里颇有揶揄之意，“‘友’字乃公子所写，大明江山乃公子欲测。我这‘年纪尚幼’的小道姑倒没害怕，你这‘年纪尚小’的书生却为何怕了？”

被她这么一激，青衣书生恻隐之心立消，好胜之心顿起，他眉头一挑，颇有些耍狠地说道：“我有心放你一马，你却偏偏要自作孽。也罢也罢，小丫头，你若真测得不准，可不许耍赖食言呀！”

“那是自然。”小道姑面露得色。虽说她摆摊测字，可她家传了相面之术。她早就暗自观察到这书生面相奇怪。他那面相，又似短命福薄，又似高寿多福，实在难以辨别。想必此人来路铁定不正。况且未来之事，又事关江山社稷。如果没十足的把握，谁会拿这种事情来赌准头？大明江山凶吉如何，她心中早已有数。

可……这书生为何也能预测？还是……只是我多心了？算了，管你什么来路呢，要测大明江山？好，一个“友”字，就足矣！

“好好好，那你这小丫头倒是说说，我大明江山，凶吉如何？”

“不妙，大大的不妙！”小道姑压低声音，几乎是对已经坐下的书生附耳说道。

“你……”书生吃惊得险些说不出话来，半晌才咽了口口水，问道，“你这小丫头，妖言惑众，你倒说说，我大明江山如何大大的不妙？”

“嘿嘿。”小道姑又是狡黠一笑，说道，“这‘反’字出了头，我大明江山，还不堪忧？”

书生打了个冷战，心里对这小道姑突然产生几分畏惧，他强忍震惊，又问道：“仙姑，我……我大明天国如今国泰民安、四海升平，这反贼……反贼在何处啊？”

哎……“国泰民安”、“四海升平”，这些话，倒不是从她嘴里说出来，却是从我嘴里说出来！真是……真是……真是丢面子啊！

小道姑见他面露尴尬神情，不免好笑。她忍住笑意，伸出粉嫩的手指点着那张白纸上的“友”字，说道：“你这书生，真是糊涂。‘反’字西北出头而成‘友’，这反贼，当然是在西北处啊！”

西北处！这小道姑太可怕了！穿越而来的小书生顿时冷汗直冒——“土木堡之变”，堂堂大明天子、正统皇帝朱祁镇在宦官王振的唆使下率二十万大军御驾亲征，却被大明西北边陲的蒙古瓦剌部落首领也先以两万军队击败，大明精锐一役而亡，皇帝也做了也先的人质俘虏。这些……这些都是我在未来的课本里学到的，都是一年后才会发生的事情啊！这道姑……也太神了吧！

“那……那那……那……”书生的声音都颤抖了。

“你这小书生，原来是个结巴。哈哈哈哈。”小道姑对他冷嘲热讽，笑得得意。

“那……敢问仙姑，这西北反贼出现，的确是大凶之兆。可我大明乃泱泱天朝，依仙姑所见，我大明对西北反贼，孰胜孰负？”书生虽然心里颇为害怕，可还是不服气地问道。

“这个嘛……”小道姑一本正经地又把笔递到了书生面前，“可就得劳烦公子再写个字了。”

书生心里明白，刚才自己的话，其实已经默认了小道姑所测。他不甘心就此败了，所以手里提着笔，又怕又恨地琢磨了半天，这才落笔。

这一次，他故意刁难，走笔如飞，草草写了个“有”字。与刚才所测之字，同音不同义。

“哎呀！”小道姑一见这个“有”字，立即拿腔拿调地说道，“你可是越测越糟啊！你看，这个‘有’字，乃是‘大明’各取一半。想必我大明与西北反贼一战，是败了。不单是败了，甚至要败掉我一半江山啊！”

我的……妈呀！书生若不是抓住桌子，差点儿就骇得从小椅上跌落下来。他来自未来，自然知道“土木堡之变”，明军大败，皇帝被俘后，朝中惊恐不已。以徐珵为首，大批大臣建议南迁偏安。若不是兵部侍郎于谦那一声力挽狂澜的“建议南迁之人，该杀”，大明江山，岂不是真的只剩一半！？

他不敢再瞧那小道姑，看来鬼神之力，宁可信其有，不可信其无啊！他又掏出几枚碎银，恭敬地奉给那小道姑后，就起身告辞了。

“公子，且慢！”小道姑一把将书生拉回小椅坐了，又在纸上写下一个字——“酉”。

又是“友”和“有”的同音不同义之字。书生见了，不知小道姑葫芦里卖的什么药，只好傻愣愣地坐在那里等她开口。

“小道看公子乃是有缘之人，又赠了许多钱财，便送公子一个‘酉’字。公子第一个‘友’字，测的是大明江山，我已说了，西北要反。公子第二个‘有’字，测我军与反军之间胜负，我也说了，只怕我大明江山，要拱手送人一半。如今小道送你第三个‘酉’字，乃是告诉你，九五之尊到时只怕要被人去头斩脚，江山易主啊！”

书生再也忍不住恐惧，一屁股摔在了地上。

正统皇帝朱祁镇兵败被囚后，于谦为了不南迁，也为了国家有君。于是便拥朱祁镇的弟弟朱祁钰代皇帝执政。而后，虽然朱祁镇被救回，可朱祁钰却不愿把皇位再还给哥哥了——果真是江山易主！

小道姑含笑慢慢逼近书生，小书生吓得都不敢正眼瞧这个妖魔鬼怪。他低着头，颤声问道："仙姑果真有鬼神莫测之能，我……服了。"

"嘿嘿。鬼神莫测之能倒是没有。只是家传了些占卜相面、测字算卦之法。"那小道姑看见书生明明吓得瑟瑟发抖，却还要故作镇定，忍不住"扑哧"一声笑了出来。她不忍看这可怜的书生，又想到自己刚才所言不免放肆，怕这书生转身跑去告她个"妖言惑众，忤逆谋反，对君国社稷大不敬"之罪。想到这里，才隐隐有些担忧自己只顾一时口快，闯下了祸来。于是她扭头开始撤幡子，收拾桌案，准备打道回府了。

"这位……仙姑……"书生从地上哆哆嗦嗦地站起来，却没有被吓跑，反而凑过来几步，对小道姑说道，"敢问仙姑，高姓大名？"

糟了！这个家伙果然不安好心，打听好姓名，是要去告官了！

"我不是什么仙姑，不过是个假扮道姑混饭吃的。刚才所言，公子尽可不信。若是公子逼得太紧，执意要送我去见官。我只好……"小道姑说着，眼里闪过一丝狰狞。

"不不不，姑娘，你误会了。"书生脸上的惧色已经退去，留下一脸真诚，对她深深一拜，"我……哦，不对，小生是……是松江府人士。姓殷……不不，姓杨名冲。"他说到这里，顿了一顿，抬眼看着眼前的小道姑。

小道姑读懂了他眼神里的含义，虚扶了一下，道："小女子姓袁，叫袁玉符。"

"小生唐突，见姑娘测字神准无比。"他见袁玉符脸上露出了疑惑的表情，自知说漏了嘴，可事到如今，也只好说下去了，"我还想测几个字。只是……"他四下看了看，压低声音说道，"只是此事关系到小生的身家性命，此处不是道天机的地方，想请姑娘你移步这'醉归楼'中，不知姑娘能否成全？"说完，他又是深深一拜。

袁玉符疑心这是杨冲的什么阴谋诡计。可能他正打着算盘想拖住自己，寻觅机会报官。她本想拒绝，可一来她自认不是胆小怕事之人，这书生手无缚鸡之力且不说，就算是斗智，自己也绝不会输他，倒是不怕着了他的道。二来她见这书生一脸诚恳，一拜再拜，照此看来，他所测之事，倒真像关系着他身家性命的。玉符自小好奇心极重，凡事但求知无不尽。岂能熬得住不去一探这书生的秘密？

"呵呵，我正好想喝杯水酒润润喉。"袁玉符一抬手，做个手势，嘴上道，"公子先请吧。"

杨冲倒也没有推让，他和玉符一前一后，走进了"醉归楼"之中。

二 聆秘

“葡萄美酒夜光杯”，虽没有夜光杯，可这上等的葡萄美酒，还是让杨冲感觉齿颊留香，回味无穷。

原来明朝就有葡萄酒了啊……杨冲——更准确地说，是穿越来的殷小君，原先一直以为葡萄酒既然是舶来品，再怎么着都应该是晚清时候传入中国的。现在才知道自己大错特错了。

史书第一次明确记载中国用西域传来的方法酿造葡萄酒的档案，是唐朝贞观十四年。唐太宗命交河道行军大总管侯君集率兵平定高昌，破高昌国后，侯君集得知高昌国历来盛产葡萄，在南北朝时，就向梁朝进贡葡萄。于是他将马乳葡萄和酿酒的技术一并带了回去。唐太宗把技术资料作了修改后酿出了芳香酷烈的葡萄酒，和大臣们共同品尝。

不过杨冲可不知道这些，即使知道这些，此刻他的脑子也没空闲去想。他和袁玉符身处“醉归楼”二楼的一个小包间里，两人相对而坐。这酒肆有包间，对杨冲来说也是件喜出望外的事儿，因为他原先还一直以为，包间这东西是现代人的专利呢。哎，一到古代，才觉得自己确实有文凭没文化啊！

玉符见杨冲一杯酒下肚后就怔怔地盯着空酒杯发起了呆，

也不知道他在想些什么。然后见他重提起酒壶，又给自己斟满一杯，一饮而尽。她估摸这书生的思绪早就飘到爪哇国去了，如果不点醒他，非得干等到他把这一壶葡萄酒都喝完为止。所以她端起酒杯，抿了一口后，便轻咳一声。原以为这样就能把他点醒，哪知道他还是自斟自饮，旁若无人。玉符无奈，只好稍稍用力地将酒杯置回桌上，发出点儿响动。

这一招果然奏效，杨冲好像突然被人叫醒似的从心事中回过神来，见玉符正一脸无奈地看着自己，杨冲脸一红，不好意思地说道："抱歉抱歉，刚才……呃……有些走神了。"

玉符大度地笑笑，说道："不妨事的。对了，杨公子，你请我来，说是还想测几个字……"

"是，还想测个字。"杨冲郑重地点了点头，唤来小二，要了笔墨纸砚。待小二走后，他从包间看窗外发觉天色渐晚，便在纸上写了个"暗"字。

"杨公子所测何事？"玉符看了一眼那个"暗"字，问道。

"我在找一个人。一个……一个对我很重要的女人。"杨冲幽幽说道，那口气，好似自言自语，"可我不知道她在哪儿，"说到这里，他口气里充满了绝望，"甚至连一点点关于她的线索都没有。我不知道她现在多大了，也不知道她长得什么样，甚至都不知道她的姓名。我唯一知道的，就是她应该在咱们大明朝。不怕你笑话，我都不知道她现在是死是活，可能……"他欲言又止，仰首灌下一杯酒后，眼眶竟有些湿润了。

"杨公子不必担心，这位姑娘，我想她还活着。"玉符看到杨冲的脸上露出一抹欣喜之色，继而又是用疑惑的眼神瞧着她，于是，她点着那个"暗"字解释道，"你看这字，这边一个日，那边一个日。阳气重得很，这姑娘铁定是还在人间了。"

杨冲听她这么说，欣喜之色更甚，他急切地问道："那么，求袁姑娘告诉我，我还有没有希望找到她？”

玉符想了想，回答道：“嗯……我想你过不了多久，就能找到这姑娘了。”

杨冲喜得要叫起来，可细细一想，又觉得这话很不可信，于是他小心翼翼地说道：“袁姑娘，你我萍水相逢，也算有缘。刚才我写给你的第一个字，便是个‘友’字。我斗胆高攀，把你引为我的朋友。袁小姐宅心仁厚，想必是怕在下伤心，好言相慰吧。”

虽然他这番话曲折婉转，可玉符听得出他话外之音——这小子摆明了就是不相信本姑娘的话嘛。她有些气恼，可旋即想到刚才杨冲那副灵魂出窍的样子，想来那位姑娘对他确实十分重要。可是，既然是十分重要之人，又为何不知年龄、容貌，甚至连名字都不知道呢？而且，他刚才还说“连一点点关于她的线索都没有”。这可太奇怪了，一个男人可能对一个一无所知的女子那么在意吗？这两个人会是什么关系呢？她在心中想着各种各样的可能性，但却无一种能解释得通。

“袁姑娘，是不是……真的没希望了？”杨冲见玉符蹙眉冥想，以为自己不幸言中，可又祈祷着千万不要言中。就好像手持彩票似的，他要叫玉符快点开奖。

玉符回过神来，没好气地说道：“你这书生，真讨人厌。若是你不信本姑娘的话，还叫我测个……测个啥！？”她本来想说“测个屁”，但又觉得不该在男人面前那么粗俗，话到嘴边就改了口。

杨冲急忙站起来拜了一拜，求饶道：“袁姑娘切莫误会，杨某怎么会不信你呢。只是……只是……”他踌躇不语，搜肠刮肚地想着该怎么说才好。

玉符发觉自己挺喜欢看他这副又急又怕的表情。其实，她不单喜欢看他这副表情，她喜欢看所有男人在她面前露出这种表情，尤其是年轻俊俏的男人。当男人用这种表情看着她时，她能觉得自己比男子高上一等，他们得尊敬自己、惧怕自己，生怕在自己面前说错话、办错事。她享受这种感觉。

“我看你还真是个结巴，嘿嘿。”玉符取笑完杨冲，见他还是疑疑惑惑地看着自己，只好攒起耐心向他解释道，“还是因为这个‘暗’字呀，近日有音，懂了吧？”

杨冲脸上堆砌着的疑惑神情这次彻底崩塌，消失不见。他喜滋滋地回味着玉符的话，心里比回味着葡萄佳酿还美。

两人又喝了几杯酒，吃了些下酒的蔬果。杨冲的心情明显比刚进酒肆时好了许多，可玉符对他的好奇却比之前只多不少。她原先顾虑这家伙施拖延之计想报官，现在也基本放了心。可正由于消除了顾虑，心中的好奇就更肆无忌惮地生长蔓延，以至于她小小的心灵已不堪重负了。她暗自思量：看来，今天要是不问明白，我要好几个晚上都睡不着觉了。为了一个不相干的人，这可划不来。她下定决心，今天非要打破沙锅问到底，好叫自己不至于失眠。

“杨公子。”玉符被好奇心撩拨得把持不住，也失去了耐心，所以就开门见山，单刀直入了，“小女子有一事不明，还想请杨公子不吝赐教。”

“哎，这是哪儿的话。袁姑娘，正如杨某刚才所说，我已将你引为挚友。你看这样好不好，我们也不要‘袁姑娘’、‘杨公子’的你来我往了，我比你痴长几岁，你叫我一声‘冲哥’，我叫你一身‘符妹’，这样不是亲近许多吗？”杨冲一时高兴，便孟浪起来。

玉符虽然觉得这种叫法过于亲近，不过江湖儿女，哪有那么多讲究。她点头说道：“冲哥这么一说，我的确觉得亲近许多。”

杨冲见这小美女叫自己如此亲热，不由得飘飘然起来。他提起酒壶晃了晃，发觉已经没酒了。于是便唤来小二，再要了两壶葡萄美酒。

“符妹，你刚才想问我什么？你只管问，我待朋友最是爽利，定然知无不言、言无不尽！”待小二退下，杨冲大着舌头说道。方才那壶酒，玉符喝得不多，大半都是他喝掉的。到此时，他有些醉了。

玉符见他已微醺，便又放了几分心，大胆问道：“刚才在我的测字摊上，我以‘友’、‘有’、‘酉’分别替你测了字。我说西北要反、军队要败、皇帝要换，我瞧你的反应，好像很相信我所测的结果必然会发生一般。不，不不不，你是早就知道了结果，才惊讶我所测皆准的。”

杨冲听她说出这话，一口酒差点儿喷了出来。

“你，究竟是什么人。为何可以预知未来，又为何自信自己所预测的未来准确无误？”玉符眯起那双乌溜溜的大眼睛，逼问杨冲。

“嗨，那有什么稀奇的，你不也一样可以做到吗？难道就许你能做到，不许我也行？你这小丫头，真是只许州官放火，不许百姓点灯嘛！”杨冲装出一副若无其事的样子，还打了个酒嗝来掩饰自己的紧张。

“我和你自然不一样。我会算卦占卜、测字相面，那是家里祖传的秘法。”玉符话至此处，脸上突然添了几分傲气，“你也知道，小女子姓袁。既然你说我们是朋友，朋友之间是没有秘密的，对吗？我告诉你知道也不妨，我是‘天下第一相士’袁珙的后人，又得一隐士高人点拨过，所以我精通算卦占卜、测字相面并没什么好奇怪的。但即使是我这样的行家，都不敢对自己所预测之事如此自信，你却为何那么自信？就好像……就好像你果真见过、听过似的。”

“你还不自信啊！？我的小姑奶奶，瞧瞧你那幡子上写的是啥？一字道天机啊！这是何等的自信啊！”杨冲东拉西扯，想转换话题。

“我出身名门，又有高人点拨过，却落得街头卖艺似的下场。”玉符说到这里，不免叹了口气，“正因为好似街头卖艺一般，所以才要靠那幡子上的狂妄之语来招揽生意。老实说，我虽对自己的本事颇有自信，可却也到不了你那程度。”她突然有些谦卑起来，用近似撒娇的口气说道，“冲哥哥，妹子我一向认为我袁家的本领天下无双。而且……呃……我袁家家规，这玄妙本领是传男不传女的。当然……呃，这家规也是为我们女儿家着想的……”她越说越轻，最后竟然红着脸，说不出话来。

杨冲被她搞得莫名其妙，心想她是不是喝高了。幸好，玉符很快恢复了正常，她一边把弄着手里的酒杯，一边用恳求的目光盯着杨冲，说道：“我就先不扯那些无关紧要的了，你就行行好，把你的本领教给妹子吧！”

杨冲这下终于闹明白了，原来这傻丫头以为他有着比她家传秘法更高明的算卦占卜、测字相面之术，所以才好言相求，想把这“高明的本领”学到手。他心想：虽说这丫头是个鬼妹神婆，但……如果真的把自己的遭遇告诉她，会不会把她吓得半死呢？

“好哥哥，求你了。”玉符还是个未经人事的少女，她还不会利用自己的美貌来打动别人。她现在是真心实意地求教杨冲，一心只想着那些比“家传秘法更高明的本领”。

在酒精和美色的双重作用下，杨冲终于把持不住了。他连喝了满满三杯酒，又迟疑了片刻，这才开口：“符妹，我接下来要说的话，可能会非常可怕，也很难以置信。你……真的要听吗？你听了，又真的会信吗？”

用现代的心理学观点来分析，这袁玉符压根儿就是个强迫症患者，她是那种只要事情无法了解清清楚楚，便寝食难安的个性。现在她早就成了好奇心的皮影傀儡，听杨冲这么说，想都不想就回答道：“要听要听，当然要听。只要出自你口，入了我耳的，我全信。冲哥哥，你就快说吧，别再折磨人家了！”

杨冲深呼吸了几下，这才娓娓道来：“我哪会什么算卦占卜、测字相面之类的异术啊！我只不过是来自未来罢了。就是2012年的上海。嗨，说了你也不会明白的。我呢……其实名叫殷小君，已经三十二岁了，是一家贸易公司的业务经理。在高速公路上出车祸死了。而后我在地府里，由于一些原因，被允许穿越到这大明正统年间来。我的魂魄附身在一个叫作杨冲的秀才身上。这秀才身子弱，不知得了什么病，竟然死了。他的身子正好被我占据，所以我便用他的身份生活下去了。因此，现在在你面前的这人，他的灵魂是属于死人殷小君的，他的躯壳是属于死人杨冲的。”他见玉符的小脸已经吓得煞白，便不再说下去，只苦笑几声，道，“符妹，我也知道我这身世的确骇人听闻，或许你会觉得我是胡说八道，或许你会觉得我是妖魔鬼怪，你信也罢，不信也罢……无所谓的，真的无所谓的。我只是希望，不要失去你这个互相交换了身世的朋友。”

玉符就是昨晚写一万个字，也测不到自己今天竟会有这番奇遇。她的脑袋已经被杨冲的话搅和得一团糨糊了，什么2012，什么贸易公司，什么高速公路，这……这都什么和什么呀！不过，玉符有一点是很清楚的——这个杨冲的面相确实古怪，他明明是个短命相貌，而且他脸上也笼着一股死气，可又偏偏可以看出他高福高寿来。这样的相貌，莫说是她，只怕她家里供着像的袁珙老人家都不曾见过。单凭这一点，她就有理由相信杨冲所言，确有可信之处。

她稳了稳心神，这才说道：“冲哥，我刚才已经和你说过了，我虽身处江湖，却是名门之后，也是说话算话的女子。出自你口，入得我耳的，我都信。”她情绪已稳，竟然开怀笑道，“我们一个假真人，一个活死人，你说，我们不做朋友，谁做朋友？哈哈哈哈！”

杨冲见她的笑靥如花，顿生一股爱慕之情。这爱慕之情，并非单纯因为她那如花的好容貌，而是他经历过两世，还是第一次见到如此大胆洒脱的女子。不过……她才十五六岁啊，这也太……太小了点儿吧。虽说他自己也不过十七八岁，可……杨冲的脑海里突然飘出一个倩影来。

对，我来这大明朝是寻她的。我的心里只有她，再也装不下别人了。这可爱的玉符妹妹，就真心把她当作好妹妹对待吧。

想到这里，他也就释然地笑了。

两人既然把身家背景都交代清楚了，自然彼此再无猜忌，把酒言欢，都喝了个痛快。谁说古代女儿家只会在闺房里哀怨，瞧瞧玉符洒脱中带着端庄、端庄里透着狡黠的劲儿，那是一种浑然天成的美感，如同这二月的阳光，和煦温暖。

“少爷！少爷！”

杨冲正与玉符把酒言欢，说些闲话，却猛然听见了他的小书童六九的鬼哭狼嚎。他循声望去，只见窗外黄昏已至，夕阳为成贤街铺上一层金黄光辉。六九站在街上，已通过开着的窗子瞧见了自己，正冲着自己喊呢。

“少爷，老夫人找不到你，正急得直抹眼泪呢。你身子刚好，就别喝了，快跟小的回去吧！”

杨冲冲他回喊了一句“知道了”，转过头，对玉符无奈地说道："符妹，天下无不散的宴席，看样子我们只好改天再叙了。"

玉符淡淡一笑，说道："冲哥有事只管去忙，不妨事的。"

杨冲起身正待要走，玉符却拉住他，好像大姐姐似的替他整了整衣衫，嘴上说道："瞧你还是两世为人呢，你叫我测字的时候那么喜形于色的，哪里有点成熟稳重的样子。这大明朝呢，虽说可能你们未来的人都知道的清清楚楚，可毕竟人心隔肚皮，你刚来，可要自己小心啊。你放心，你的秘密，我会替你保守的。"

杨冲想到自己正被一个十五六岁的小女孩这么嘱咐，窘得脸都红了。他支吾着应了几声，身子僵着一直等她整完了衣衫才松了口气。道了别，他走到门口猛然想起什么似的又折了回来，将身上的银子铜钱一股脑儿都掏了出来，放在桌子上，对玉符说道："符妹，既然我已认了你这个妹子，那便有了照顾你的责任。这些钱你拿着，我家就住在乌衣巷旁的杨家老宅里，这些钱你若是花完了，以后只管来向我要就是了。"

玉符一看见桌上的钱币银两，毫不掩饰地"嘿嘿"一笑。倒也没有虚情假意地推辞一番，而是将这些钱通通收好，朝杨冲笑道："我住在城东的莫愁观里。不过你若是来寻我，可别提什么莫愁观，提了人家也不知道。你只问城东老道观在哪儿就行了。"

楼下六九又催促了几次，杨冲向玉符依依不舍地又道了别，这才走出包间，下了楼去。

三　救难

南京城东郊有座被废弃的道观，大家都称其为城东老观。此观为何人因何事在何时所建，都早已不可考，也不知是子孙庙还是丛林庙。

从前有一日，突降大雨。那时袁玉符恰在阡陌小道上赶路，见雨势甚大，周围唯一的建筑只有一座破旧道观，便急忙三步并作两步奔了进去。那观，便是城东老观。

那观的围墙早已塌了，又没个牌匾，故而连名儿都叫不上。雨骤风急，观门随风而动，或开或关，发出“吱呀呀”难听的响声。玉符顾不得那么多，她撑开一把油纸伞，急冲冲地穿过观前的空地，直奔进了正殿才扶着斑驳的暗红殿柱喘了口气。待她调匀了气息，定下心来，见那大雨一时半刻也不会停，便在正殿里踱步四顾起来。

正殿并不大，除了正对殿门的那尊太上老君像玉符还算认得外，另几座泥塑木雕在偏殿里，她是一个都不认得了。这些雕像大多掉了漆，或多或少都有些残损，又挂着许多蛛网，蒙着厚厚一层灰。

玉符一时心血来潮，拉过一个脏脏的蒲团，拍掉了上面的灰尘，然后搁在地上，便跪下去朝太上老君像一本正经地磕了几个头。

她身上的盘缠几乎已经耗尽，随身之物在苏州时又不小心遗失了大半。所以她除了几件换洗衣服和几本书外，再无他物了。她磕完了头，站起身来，又朝老君拜了几拜。然后，她一屁股坐在蒲团上，攥着小粉拳轻轻捶着自己身上各个酸痛之处，望着殿外的暴雨，凝眉叹了口气，自言自语道：“哎，真不知道今后该怎么办呢……”

她这么想着，又掏出身上的全部钱财数了一遍。这几乎已经成为了她的习惯，因为她发觉这么做不但可以确定钱还在，还可以发现自己用得很省很省，钱减少的速度很慢。虽然每一天钱都在变少是个不可避免的事实，可每每想到还不至于身无分文，她便觉得生活还有希望。

这次也一样。她只剩下三两银子了，若是在偏远山村，每日只吃些糠粥，这笔钱还可支撑个一年半载。可要想靠这么点钱在南京站稳脚跟，真真是比登天还难。

她把钱收好，一时无聊，就拿出一本相面书研读起来。大约一炷香的工夫，她揉着酸痛的脖子抬起头来。只见殿外雨势已微，倒是刚刚下了一场雨，空气里混着些泥土和野草的气味，清新得很。殿内凉风习习，她心想着倒不如在这道观里住上一晚，一来可省下些盘缠，二来此地也真是个清静之地，正适合她读书。她打算着明天进南京城里打听一下，胡乱找个安身立命的去处，先混口饭吃，至于振兴袁家的大计，看样子只得日后徐徐图之了。

她识文断字，手也巧，针织女红颇不错。最不济，她还可以摆个测字摊赚些钱。如此这般地想了一番，她心情渐渐开朗起来。心情一好，加之又呼吸了有开胃作用的新鲜空气，她这才觉得肚子都饿得咕咕叫了。于是她打开包裹，从里面拿出一个白馒头和一个肉包子来，她瞧瞧右手的馒头，又瞧瞧左手的包子，犹豫再三，然后露出了气恼的表情，骂了自己一句“不争气”后，把白馒头放回了包裹里，正待要对那肉包子一大口咬下去，忽听得一阵奇怪的响动。

她心里一惊，四处张望起来。听那声音，不像是老鼠弄出的。她虽然年纪小，但也走南闯北有了些社会经验，能判断出来刚才的声响是人弄出来的。可她东张西望了半天，又寻不到半个人影。

又是一声响动，可立即又寂静无声，唯闻淅淅沥沥的雨声。她强忍心慌，绷紧神经去感受。在又出现了一声稍纵即逝的响动后，她终于找到了声音的源头——太上老君像。

这太可怕了，难道是老君显灵了！？她心慌得不行，可还是强作镇定地吼道：“什么人在那里装神弄鬼，还不给本姑娘滚出来！”

这一吼，太上老君像就好像放屁似的，背后“噼里啪啦”发出一阵声响。要是换作别人，莫说是女子，就是男子只怕到了这会儿都吓得屁滚尿流地逃了。可袁玉符偏偏天生是“天不怕，地不怕”的个性。她靠着一股倔劲儿竟然镇定了下来，一步步向那老君像走去。

刚才匆匆在这大殿里逛了一圈，没瞧仔细。如今她全身神经紧绷，眼里只有这老君像，这才看得清清楚楚。原来这老君像背后被一大捆茅草掩着，若是不仔细看倒不打紧，定眼一瞧，才看清这捆茅草正掩着老君像背后的一个大洞。老君像中间早已蛀空，看来是有人躲在这空洞里，用茅草掩住洞口。

“到底是什么人！？可否出来一见！？”玉符对着那捆茅草喊了一声。

出乎意料的是，这老君像里竟传出了哭声。听那声音，竟然是个孩子——不，两个孩子，似乎是一男一女。

玉符听到孩子的哭声，这才松了口气，悬着的心总算是暂且放下了。可不免又生疑窦：这废弃的道观里，怎么会有孩子的哭声呢？

她就是这样，好奇心一上来，便什么也管不得顾不得了。她一脚踏在老君像的坐台上，一跃而上，然后微微俯身把那捆茅草挪开。茅草一挪开，两个吓得瑟瑟发抖的小家伙便映入她眼帘了。

那小男孩不过五六岁的样子，圆圆的脑袋，虎头虎脑的。只是由于饥饿，他的身体非常消瘦。他用一双泪汪汪的眼睛恐惧又警惕地瞪着玉符，把一个比他还小的小女孩护在怀里。那小女孩瞧着比小男孩还要小上几圈，两人眉宇间颇为相像，玉符估摸着他们可能是一对兄妹。

“你们别怕，姐姐不是坏人。”玉符完全放松下来，她一屁股坐在那捆茅草上，双手在身后反撑着，问那男孩子道，“这女孩是你妹妹吗？”

男孩子好像压根儿就没听到她说话似的，坚持不懈地瞪着她，咬着牙不说话。

玉符苦笑一下，想：是不是他妹妹又有什么关系呢？像我们这样的浮萍飘絮，什么关系，什么身份，什么地位，什么感情，都比不上活下去重要！在我眼前的就是一个小男孩，一个小女孩。不，或许该想得更纯粹些，就是两条幼小的生命。他们饥寒交迫，嗷嗷待哺，和我一样在社会底层熬命。可能在很多达官贵人眼里，我们这样的人是贱命一条。不过在我眼里，生命的价值是一样的。

她仰起脸，瞧见了太上老君的后脑勺，便自言自语地说道：

“今天我也做一回太上老君吧。”然后她跳下坐台，绕过老君像走开了。

那小男孩见坐在茅草上的翠衫大姐姐走开了，刚有点儿放松，想拉着妹妹一块儿钻出老君像，没想到刚探出个脑袋，那大姐姐又回来了。他害怕得赶紧拉着妹妹往后退，再缩回那洞里去。不曾想他心上一慌，脚下步子乱了，带着妹妹一起摔了个四脚朝天。忍着疼爬起来，却见那大姐姐已经靠近了许多，这把他吓得不轻，“哇”的一声哭了出来。

玉符见小男孩哭了，急忙把手里的那个肉包子递了过去，对他笑了一笑，摆出一副大姐派头的模样说道：“傻小子，我都说了我不是坏人了。喏，给你大肉包，吃吧。”她见小男孩还是警惕地看着她，便把包子递到他嘴边，又说道，“大肉包，肉的哟！”

小男孩努力咽着口水，但仅仅坚持了几秒，便再也忍不住了，一把夺过肉包，还是不放心地偷偷瞄了玉符一眼，见这大姐姐笑眯眯的，便对着肉包子狠狠咬了一口，然后津津有味地咀嚼着。不过，他也就吃了这么一口而已。待他把嘴里的那口咽了下去，便毫不犹豫地将包子交到了妹妹手里。

妹妹哭得都挂起了鼻涕，但一见包子，也就顾不上这些了，只见她猛吃了几口，看看哥哥，又把半个包子还了回去。

玉符见到这对小兄妹你推我让的样子，大眼睛红了一圈，都快哭了。她拼命忍住，还挤出一个笑脸，又把一个白馒头递给了那小男孩……

这一晃，竟然半年过去了。玉符每每想起那下着雨的傍晚，想着那个谁都不愿吃掉的肉包子，心里就会觉得既难受又舒坦。

如今，这座城东老观虽是和当初一样破旧，却干净清洁了许多，也添了不少人气。就连观门口，也被玉符安上了一块莫愁观的牌匾。

袁玉符自己其实还只是个半大的孩子，却养着那对小兄妹，住在这观里。

大殿里的那些雕像被她移动了位置，正好用来挡住大殿墙上的各处破洞。如此一来，总算有了个可以遮风挡雨的地方。大殿里铺着两副被褥，算是两张简易小床。玉符睡一张，那对兄妹睡一张。玉符前些日子攒够了钱，把观里的两间小瓦房饰了一下，打算过些日子从大殿搬进瓦房，也算各自有了个房间。在观里的空地上，她种了些野菜，这是她们平时吃的菜。而她们吃的米饭，得靠她摆测字摊来供给。

两个小家伙今天特别高兴，因为玉符姐姐似乎发了大财，带回来两只烧鸡和正儿八经的大白米。大白米就是香啊，比平日喝的糠粥好吃多了。他们一吃完饭，就和平时一样，跑去空地上，捡了块尖一点的石头，开始在泥地上学写大姐姐新教的大字。

不过今天玉符姐姐除了带回来烧鸡和白米，还带回一样他们意想不到的东西——另一个大姐姐。只是，她带回来的那个大姐姐穿着非常奇怪的衣服，脸色惨白，看起来病得很严重的样子。

玉符待这两个孩子跑去练字之后，便急匆匆地朝瓦房跑去。她是背着那姑娘一路小跑回来的，现在两条腿还酸胀得很。

她走进瓦房，见那姑娘躺在一床被褥上昏迷不醒。她瞧着那姑娘的脸，思绪回到了一个时辰之前……

话说玉符和杨冲道别之后，在“醉归楼”里买了两只烧鸡，又去米店里买了一小袋白米，便急冲冲地往道观里赶了。

待她走到城东的那片小树林时，见一个穿着古怪的姑娘倒在树林里。她急忙跑过去，发现那姑娘已气若游丝，身子凉得没一点热气了。

玉符见多识广，又精通各种法术，她一瞧便明白了这姑娘为何会变成这般模样了——她全身上下色彩斑斓，上身穿花衣，下着百褶裙，头蓄长发，包赭色花帕，脚着船形花鞋，颈子、手腕、脚腕都佩有银饰。从她的穿着打扮来看，她是个苗族女子。而从她这垂死的模样来看，她是被人下了蛊。玉符想都没想，就将那姑娘背了起来，准备先带进莫愁观里再说……

现在，她悲悯地看着这个长相清秀的苗族姑娘。

玉符并不是不会解蛊。她也知道这姑娘只要解了蛊，并无性命之虞。可若要解蛊，需要很多东西。那些东西……都是非常贵重的，玉符铁定是搞不到的。

她原本想过，去找那杨冲帮忙。可转念一想，她和杨冲也不过是萍水相逢，以这样的交情，杨冲肯帮那么大的忙吗？

老实说，她心里着实没底。她这才发现，虽然两人谈了半天的话，喝了半天的酒，好像就此变成了莫逆之交似的。可其实，他们之间也只算是比陌生人强点。

正这么想着，那姑娘躺在床上，熬不住疼似的呻吟起来。

玉符在瓦房里来回踱了半天，心想：人命比啥都重要不是吗？袁玉符啊袁玉符，你好糊涂啊。他杨冲是什么样的人有啥好多想的，为了救这姑娘一命，你就是求也得把那些东西求回来啊！

她拿定主意，忍着两腿的酸胀，风风火火地冲出莫愁观，疾步朝乌衣巷杨家老宅赶去。

四 婚事

话分两头。却说杨冲在“醉归楼”里别了袁玉符后，甫一下楼，那小书童六九便恭顺地贴了上来，说道：“少爷，老夫人吩咐说‘天气还有些凉，少爷大病初愈，该小心些个’。”说话间他已麻利地为杨冲披上了件大氅。

杨冲上一世——那时叫作殷小君——是在一个单亲家庭长大的，有父无母。所以他对母爱，缺乏体会。却不想穿越到大明后，附身的杨冲秀才更可怜，竟是无父无母。刚才六九说的那位“老夫人”，乃是杨冲的祖母。

这杨冲秀才的母亲因为难产死了，父亲尚未来得及续弦，便得了绝症一命呜呼了。

老夫人杨韩氏，当时恰是四十岁整，已守寡二十年了。她丈夫是家里单传，由于死得早，儿子杨蒙也是单传。这单传儿子杨蒙却死得更早，二十岁不到就跟着媳妇儿去了，只留下根独苗，便是杨冲。如此算来，杨冲是杨家三代单传，老夫人自然视作心肝宝贝，命根子般宠爱至极。

要说这杨家也的确邪门，爷孙三代都是年纪轻轻便得了不治之症。去年冬季里，杨冲突然发病，这一病竟一发不可收拾，十几天后便下不得床、吃不得饭了，每日只靠些药物延命。再过了几日，连药都吃不进，眼瞧着就要不行了。这番情景，直把老夫人哭得肝肠寸断，一心只想替孙儿去死，一命换一命。当时杨家上下虽然明里不说，暗里也都嚼舌头说小少爷只怕是熬不了多久，开了春便会跑去向列祖列宗报到了。

杨冲虽然自幼身子就弱，可长得俊逸不凡，读书也颇有天赋。他天资聪颖，十五岁便中了秀才，大家本都料定几年后南京城里办的乡试上，小少爷是有希望夺个解元的。谁知天妒英才，出师未捷身先死，只怕少爷是熬不到那个时候了。

二月头上，病得奄奄一息的杨冲果然不行了。老夫人请来了当地有名的大夫、郎中不计其数，皆许以重金。可他们在瞧过了杨冲后，都表示无力回天，要老夫人早些准备后事。谁曾想有一日早晨，小书童六九发觉昏迷不醒的少爷竟然睁开了眼睛。他先是一阵欣喜，不过立即又疑心是大限将至前的回光返照。待他又观察了一阵，少爷竟然奇迹般地自己下了床，摇摇晃晃地挨到桌边，端起茶壶猛灌了一通水。六九这才确定少爷是真的好了，喜得他连蹦带跳地冲出少爷卧房，扯着嗓子把这个消息喊得人尽皆知。要说这六九也真不是装的，一来他自小伴着少爷长大，主仆情深；二来若少爷死了，要书童何用？少爷大病不死，先不说有没有后福，他小六九的饭碗总算是保住了，怎能不喜？

不过少爷自从病好之后，似乎是得了失忆症，连自己姓甚名谁都记不得了。老夫人倒是毫不在意，只说命保住了最要紧。好在少爷除此之外表现一切正常，说实在的，他反倒是比生病前还要精神许多。老夫人及杨家上下老小见了，莫不感动欣慰。

六九收回了思绪，帮少爷将大氅整理妥帖，便引着少爷走出成贤街，说道：“小的已准备好了马车，就在前面拐角处候着。”

杨冲点点头，信步走在前面，六九亦步亦趋地紧随其后。

“六九，你跟了我几年了？”杨冲一时无聊，便随口问道。

“小的七岁时便被老夫人买来伺候少爷，如今已是七年了。”六九早就习惯了少爷的“失忆症”，故而一点也不奇怪，张口就答。

“呵呵，你我倒是没有七年之痒。”杨冲笑着说道。

殷小君自从成为杨冲之后，也逐渐适应了在大明的生活。能在十几天里那么快地适应，小书童六九可谓功不可没。现代社会早就没有了“书童”这个行当，殷小君只有个模模糊糊的概念，只记得梁山伯有个叫“四九”的书童，好像是个无厘头的角色。原以为书童也就是个伺候少爷的仆人。成为杨冲之后才知道，书童其实应该叫“书僮”，不单单是伺候少爷的仆人这么简单。他是少爷的同学、玩伴，甚至是智囊。少爷与书童之间，有着近似“兄弟”的亲情纽带。现代社会都市里的孩子大多是独生子女，最缺少的就是兄弟姐妹的那种感情。所以“新杨冲”对这个六九，比之“旧杨冲”要好得多。六九感恩戴德，更加卖力地照顾少爷。

“七年……之痒？”六九大惑不解，显然对这个现代词汇非常陌生。

“哦……这……这是一本古书上的典故。”杨冲支支吾吾地含糊过去，立即转移话题，“对了，老夫人急着叫我回去，是有什么要紧事儿吗？”

说话间，两人已经走到了一辆马车旁，六九扶着少爷上了马车，然后自己跳了上去。叼着竹签的车夫见主仆都坐定了，便轻轻“驾”了一声，马车缓缓驶了起来。

“老夫人对少爷您宝贝得紧呀，少爷前些日子身子才见好，如今尚不硬朗呢，老夫人自然是放心不下，要急着把您叫回去。”六九把马车车帘放下后，口气颇为调皮地说道。

“那是，谁叫本少爷是三代单传，又起……哦，大病不死呢！”杨冲“哈哈”一笑，他本想说“起死回生”，想想有些不妥，便改了口。这么说着，他突然想起了前世的那句“你妈喊你回家吃饭”的流行语，那笑意便更浓了。

“不过今儿个可有些不同，老夫人宝贝少爷不假，可的确也有件要紧事呢！”六九见少爷笑得欢，只道是少爷得知老夫人宠爱有加，心里欢喜而已。

“哦？什么要紧事，说来我听听。”杨冲换了个舒服的坐姿，问道。

“哈哈，自然是件大喜事啊。”六九冲少爷笑笑，他若是再多接触些现代词汇，险些要说出“你懂的”之类的话来。

“喜事？喜从何来？”杨冲一头雾水。

“哦，对了，是小的糊涂了。”六九恍然悟到少爷患了“失忆症”了，所以他立即解释道，“少爷，是这样的，原先少爷身体抱恙，老夫人瞧着心急，便想用‘冲喜’的法子，替少爷去病的。”

“冲喜？”杨冲想起前世时候，读《红楼梦》《牡丹亭》之类的古典名著时曾读到过这个词儿，可一时想不起究竟是何意，便问道，“什么叫‘冲喜’？”

六九一愣，心想少爷这病是好了，人却傻了。从前的事儿不记得倒也罢了，怎么连“冲喜”是什么都闹不明白了。可他不敢把这些说出来，只好耐心解释道：“少爷，这冲喜呢，就是……嗯……就是少爷若身子病得重些，便赶紧娶个媳妇儿。这喜事可以把灾病冲了去，故而叫‘冲喜’。”

其实这种封建迷信毫无道理，大多数“冲喜”反倒成了“催命”。人家姑娘刚嫁进门，病怏怏的丈夫就撒手人寰了，年纪轻轻便要守寡了。最要命的是，这病秧子丈夫若是“亲迎”过了，哪怕还没拜过堂，小寡妇都不能改嫁了，从此伴着眼泪蹉跎一生。

杨冲哪里知道这些，他刚穿越过来，一听刚认下的奶奶竟要给自己娶老婆，心里暗暗叫苦：这怎么行，我来这个世界，是为了找她的啊。怎么能娶别人当媳妇儿呢？

六九见少爷闭口不语，面露尴尬，还以为是少爷当着下人的面提到嫁娶之事不好意思呢。所以他很识趣，也闭口不语，别过头装模作样地东看西看。

哪知少爷却突然开了口，问道：“六九，你快告诉我，老夫人要给我娶的是谁家的姑娘？”

六九心想：少爷果然闷骚，刚才还在装糊涂呢，现在就按捺不住要问未来媳妇儿了。于是，他笑盈盈地回答道：“是城南‘回春堂’的大小姐，芳名唤作‘林黛玉’的。”

“林黛玉！？你是说……林黛玉！？”杨冲惊得下巴都要掉下来了，这可真是合了戏文里唱的“天上掉下个林妹妹”了。

“咦？少爷不是……”六九想说“失忆”，想想又觉不妥，便说，“少爷倒是记得这位林大小姐吗？”

杨冲一时惊得脱口而出，说道：“何止记得，简直太熟了！林黛玉啊，谁人不知，哪个不晓啊！”说完，猛地意识到自己露了馅儿，赶忙闭了嘴，后悔不已。

谁知六九竟然毫不惊讶，反而很理解似的点头道：“对啊对啊，在咱们金陵城里，林大小姐真真是‘谁人不知，哪个不晓’呢！”他瞧了一眼少爷，见少爷也瞧着自己，便进一步拍马屁道，“也只有咱少爷这样的风流才俊，才配得上林大小姐那样的绝代佳人。”

金陵城，我要娶林黛玉？这婚事贾宝玉同不同意啊！？这才明朝正统十三年啊，按说曹雪芹是清朝乾隆年的人啊……这……哪儿跟哪儿啊，也太穿越了吧！杨冲已经顾不得掩饰了，追问道：“现在结婚有哪些流程？”他见六九一脸惊愕，赶忙补充道，“不是，我是问，这婚事进行到哪一步了？”

“纳徵呀。”六九虽然心里觉得少爷今天太奇怪了，不过他可不敢多问，只是老老实实回答道，“已经过大礼了，老夫人真是宝贝少爷呢，我随老管家去林家送聘礼时，老管家告诉我说咱送的礼饼可都是‘咸丰斋’的手艺呢！”

“过大礼……过大礼……”杨冲只觉得脑子都乱了，“那么说来，就算是订了婚了吗？”

“订婚？哦……少爷最近看的什么书，多了好些学问呢。少爷问的是‘定亲’吧。那是自然呀，你和林小姐是指腹为婚的，老夫人说她和少爷八字很合呢。若不是为了冲喜，本打算明年才娶进门的。既是指腹为婚，自然是不必‘纳采’、‘问名’。咱一月里就遣媒婆王妈妈去‘纳吉’了，过文定送了聘书后，我和老管家去了林家过大礼。林家是殷实人家，回礼自然也不少。王妈妈说这二月最后一天乃是良辰吉日，不过老夫人总觉得还是得请个先生‘请期’最好，现在正等着少爷回去商量呢！”

所谓的“请期”便是“乞日”、“择日”，大白话就是“挑个好日子办婚礼”。杨冲虽然不懂古代婚嫁“三书六礼”的流程，但他脑子聪明，光听名字便猜出了大概。他只听得六九说“尚未请期”，便陡然生出一股希望来。他一激动，抓住六九的手臂，问道：“照你这么说，我和林小姐还算不得夫妻？这婚事还有回旋的余地？”

“呃……倒是还未‘亲迎’。不过……”六九瞧少爷神情古怪，一惊一乍的，也猜不透他脑袋里想着什么。他暗自揣测，想来没有人会不想娶才貌双全的林黛玉大小姐，少爷这般态度，大概是担心这好好的婚事黄了，到嘴的鸭子飞了。于是，他自作聪明地安慰少爷道，“少爷莫要忧心，虽说少爷还未亲迎，可既已下了聘书，过了大礼，女方又回了礼。这婚事也算是板上钉钉了。他林家老爷只是个商户不假，可也是知书达理的人，又见少爷您现在病也好了，龙精虎猛的，他林家是断然不会做出悔婚之举的。不过……”六九突然犹豫起来，他想起一件事儿来，可他怕少爷震怒，胆怯地不敢说出来。

“不过？不过什么？”杨冲急不可耐，摆出少爷架子，厉声道，“你这小书童，为何吞吞吐吐，有什么事瞒着我，快说！”

六九被少爷这么一训，吓得一股脑儿都说了出来：“少爷息怒，小的不是有意隐瞒，实在是怕少爷气坏了身子。”他偷偷抬眼瞧了少爷一眼，见少爷正瞪着自己，便急忙又低下头交代道，“许是小的眼花，这……这回礼里，林大小姐好不懂事，竟然……竟然……竟然夹了封信。”

“哦？信？”杨冲好奇起来，问道，“信上说的什么？”

“信封里没有信纸，倒是有一方……一方手帕。”六九颤抖着说完，便不敢再发一语。

杨冲根本不懂“手帕”代表什么，只是奇怪为什么这小书童如此害怕。便问道：“我自病了之后，便……便忘了许多事情。原以为病愈之后自会好的，如今看来，要想恢复如昔，还需要些日子。急不得，急不得。”他把话锋一转，“回礼里加上一方手帕，有什么好奇怪的？”

杨冲这么说当然是因为他根本不懂古人的规矩，在他还是殷小君的年头，只知道情人节女生要送男生巧克力。又或者是送个杯子代表“爱你一辈子”，有些刻薄鬼会说杯子代表“你要悲剧”。送什么东西都是表达个心意，哪里来那么多讲究呢？

“少爷……女方回礼，若是一些生果、莲藕、芋头、石榴，倒是合情合理。但这手帕嘛……这手帕……”六九似乎下定决心似的，轻声说道，“这送块手帕，表示林大小姐有悔婚之意。”

“什么！？悔婚！？”杨冲不但不生气，反而觉得喜从天降。

“少爷莫生气！”六九完全不知道少爷心思，赶紧安慰道，“那林大小姐想必是猪油蒙了心，一时不开窍，才做出这荒唐之举。少爷只管安心，这婚姻大事，父母之命，媒妁之言，哪有她后悔的余地？如今老夫人和林老爷早就商量妥了，只等择个好日子大办婚礼了。少爷放心则个。”

“你……哎……”杨冲听了此言，只觉得刚燃起的希望又被扑灭，只好苦笑道，“你真是不懂我的心啊！”

“嘿嘿，小的生性驽钝，自然猜不到少爷的心思。”六九抓紧机会又拍马屁，“日后只要林大小姐懂少爷心思，不就行了嘛。”

杨冲瞧着这个小书童，真是哭笑不得。他叹了口气，闭起眼靠着马车内壁胡思乱想起来。他想到这婚事如果真的躲不过，那“择日”的生意不如给那玉符妹妹。今天瞧她的样子，似乎囊中羞涩，挺缺钱的样子。反正按照六九的说法，老夫人把我当作心肝宝贝疼着，我去央求一番，可叫祖母多给玉符些酬劳。

想了一会儿，只感到马车停了，六九轻声唤道：“少爷，到家了。”他自个儿先跳下了车，然后托着少爷也下了车。付过马车费，便跟着少爷往杨宅里走去。

杨冲回到家后，先跑去向老夫人问了安。老夫人最是宝贝这个孙子，见孙子一回来就急忙跑来问安的孝顺模样，心怀大畅。她趁着兴头，说了几句娶亲的事儿。杨冲心里还没准备，赶忙推说肚子饿得不行，想吃饭。老夫人哪里舍得让他饿肚子，赶忙催促下人开饭。待饭菜上桌，她自己随意喝了些粥、吃些蔬菜，便一脸慈祥地端详着孙儿扒饭吃菜，比自己吃还要开心。

孙儿总算是病好了，没有步丈夫和儿子的后尘，要她又白发人送黑发人。如今见孙儿“吃嘛嘛香，身体倍儿棒”的样子，想到自己前些日子见佛便拜，日夜诵经不辍，想来是佛祖显灵，随了她的心愿，一时感动，竟然流下泪来。

杨冲见祖母默默拭泪却又挂着笑容的诡异模样，一时也不知如何是好，只得低头吃饭，假装看不到。好在祖母恢复平静后，便回到佛堂诵经去了，他这才松了口气。

吃过晚饭，杨冲又不由想起玉符来。刚才吃饭的时候，祖母提了些“择日”的事情，杨冲也就见缝插针地提起了玉符，夸她极是灵验，求祖母重金请她来挑日子。这杨老夫人哪里会违了孙儿的要求，一口就答应下来。

想起那婚事，杨冲寻思着找个机会去林家拜访一次，最好能直接见到林黛玉小姐。听六九的描述，这林小姐似乎并不想嫁给杨秀才。这倒是最好。可他又不知道这个举动是否唐突，不符合规矩。转而又想，如果真的木已成舟，这婚事推不掉了，那也只好顺水推舟了。大不了……大不了结了婚后，不碰那林黛玉便是。

这……算不算守活寡的另一种形式？

杨冲背着双手在花园里随意散了会儿步，胡乱想些如此这般的心事。只听回廊处六九边跑边喊：“少爷，少爷！”

“什么事又大呼小叫的？”六九气喘吁吁地站在面前后，杨冲好奇地问道。

“有个姓袁的道姑，在门外求见。瞧她样子好像是有急事。”六九说着，撇撇嘴，偷偷揉着屁股说道，“那姑娘脾气好大，我本以为少爷吃完了饭要沐浴更衣，便叫她在厅里权且坐上一坐。哪里知道这姑娘竟一脚踹在小的屁股上，还说‘若是再迟片刻，便要你好看’。”

“哈哈哈哈。”杨冲见六九一副委屈模样，又想到玉符那副“野蛮女友”的样子，忍不住笑出了声。

“少爷还笑呢……”六九见主子不帮着自己，反倒取笑起来，有点恼了，“把小的踢坏了倒是不打紧，但日后恐怕就没人能周到地伺候少爷您了。”

杨冲见六九这小厮摆明了在撒娇，便敷衍他道：“好好好，我这就赶去见那小道姑。我可舍不得我的得力书童再挨一脚啊，哈哈哈。”

说罢，他便抬步往见客厅去了。

五　求药

杨冲走在通往见客厅的廊上，心中暗道：真是说玉符，玉符就到。这小妮子，跑得比曹操还快。

六九本被吩咐可以先回房歇着，可他刚被那野蛮小道姑踹了一脚，心里有气。又见少爷一听她拜访，便不敢怠慢地前去相见，好像关系不太寻常。他突然想起早些时候在“醉归楼”里，少爷似乎就是和这道姑在饮酒聊天。在他的记忆中，少爷应该并没有什么道姑朋友啊。而且瞧那道姑的架势，好像和少爷交情匪浅似的。他不免疑惑起来：真是奇怪了，这小道姑什么来头？作为一名有理想、有志向更有八卦精神的小书童，他立即决定屁颠颠地跟在少爷身后，去瞧个明白。他跟着少爷走在长廊上，不时揉揉屁股上的痛处，心里犯嘀咕：虽说她长得是挺漂亮的，可也太凶了点儿吧。

待杨冲一走进见客厅，便看见了玉符满脸焦急地坐在红木椅上，有些如坐针毡的模样。她一瞧杨冲来了，便立刻从“针毡”上跳下来，大步流星地走到了他面前。

“还是个姑娘家呢，坐都没个坐像。”六九偷偷对少爷说道。

杨冲只是笑笑，他迎上前几步，亲热地唤道：“符妹。”

“冲哥。”玉符应了一声，瞧见杨冲身后的小书童正瞪着自己，似乎是对刚才自己踢他的那一脚怀恨在心，却又不敢当着杨冲的面朝自己发火。她突然有了种获胜后的得意，朝那书童吐着舌头，做了个鬼脸。

六九先是一愣，然后立即不甘示弱地回敬了个一模一样的鬼脸。

“我从‘醉归楼’回来的路上，还和六九说起你呢。”杨冲笑着说道，“原来还想着明日去莫愁观拜访你，没曾想你倒是个急性子，今晚就先来看望我了。”他说到这里，突然想起了“择日”之事，正待告诉她。可转念一想，这门亲事是否能成还未可知，万一现在就告诉了她，过几日又告诉她亲事取消了，岂不丢人？不妨再过上几日，等事情定了再说结果不迟。于是他又开口道：“再过些日子，我可能会登门拜访，有事相求……”

玉符一听得他嘴里说出“有事相求”四个字来，便打断他插话道：“过几日的事情，过几日再说也不迟。只要冲哥开了口，我袁玉符能做到的，定然不会推辞。”她听见那小书童不屑地“哼”了一声，心里有些气，却是暂时没空和他计较，她承着刚才的话引入正题，说道：“说来也巧，我今晚前来讨饶，也是有事请你帮忙。”

“呵呵，符妹太客气了，有事只管吩咐便是。”杨冲说话间已经落座，六九替他斟了一杯热茶，杨冲见他压根儿没想招呼玉符，面子上挂不住，便训道，“你这小子越发不懂事了，符妹是我座上之宾，你就是这样待客的？”

六九不敢顶撞少爷，只好心不甘情不愿地跑去斟了杯茶，往玉符身旁的小桌上一放，便恨恨退回到少爷身后去了。心里虽想着：哼，什么座上宾，不过是个小丫头片子罢了。可他害怕少爷训斥，所以不敢说出口来，只是用幽怨的小眼神使劲往玉符身上飘。

玉符的视线里根本就没小六九的存在，她坐下喝了口茶，便急忙说道：“既然冲哥这么说，那我也就真不客气了。毕竟，人命关天呀！”

“人命关天！？”杨冲和六九异口同声，然后面面相觑。

“嗯，此事说来话长。”玉符眼珠一转，道，“我就长话短说吧。”她简略地说了一遍在小树林里救回一个被下了蛊的苗族姑娘的经过，末了，她说道：“这蛊很是凶险，乃是最最歹毒的‘金蚕蛊’。”

玉符所言非虚，所谓“金蚕蛊”，是将各种毒物——如蟾蜍、蜈蚣、蝎子、毒虫等——放在一个瓮中，叫它们互相残杀，直至最后一只。然后用这“至毒之物”配以苗族巫法来下蛊。所以，这“金蚕蛊”可谓是“天下第一奇蛊”了。

“金蚕蛊？什么叫金蚕蛊？”杨冲一直以为“下蛊”只是武侠小说里胡编乱造的情节，没想到真的存在，不由得追问了一句。

“金蚕蛊就是……”玉符本想解释一番，可一想到那个正躺在瓦房里奄奄一息的姑娘，便立即改口，没好气地说道，“你这书生，那边都已人命关天了，这边你倒还有心思问东问西的。”

杨冲听她斥得有理，心想：汗颜啊，我这素质，和人家真真是没法比啊！

玉符话说出口，便觉后悔：要命啊，我这脑子，来求人的却训起人来了。

这么想着，两人各自都红了脸，低头不语。只有六九飘来一句：“什么书生？我家少爷明明是秀才公！”

还是杨冲先开了口，问道："照符妹这么说，的确是人命关天的大事了。我也不说闲话了，你只告诉我，该如何帮你，我自当尽力而为。"

玉符犹豫了一下，才说道："这'金蚕蛊'自下蛊后，十余天才要人性命，我亲自探过，那姑娘才被下蛊不久，我想……不会超过两天。故而她暂时还可保住性命。不过我们得抓紧时间替她解蛊，否则再拖个十日，便神仙难救了。其实要解这蛊倒也不难。只需照着我的方子配齐了解毒的药材，取童子尿为药引，在佐以我袁家秘传的道术，只需三日，便可解蛊。这童子尿嘛，我观里有现成的。只是这解毒药材，我……"玉符没说下去，她出身名门，自尊心强得很，如今虽然落魄，可"我没钱"三个字，她还是难以启齿的。

"哦，原来如此。"杨冲闻言，放轻松了许多，说道，"符妹，我杨家虽不是大富大贵，可还颇有些家财，买些解毒的药材倒是不在话下。妹子你且在这儿安心喝茶，需要多少银两，我这就叫六九去取来。"

六九一听这话，也收起了顽童模样，对玉符说道："袁姑娘你真是侠义心肠，我六九着实佩服。我是个小书童，要钱没有，不过可以替你跑跑腿、出出力，决不推辞。"

"好，冲哥，那我就直说了，旁的药材所需银两倒是不多，十两纹银足矣。"玉符顿了顿，又道，"只是……只是有三味药材，只怕是有银子也买不着。"

"哦？哪三味？"杨冲说着，对六九低声吩咐了几句。六九点点头，先自走开了。

"犀牛角十对，熊胆十副，冬虫夏草半斤。"玉符报完，便不再说话，只等杨冲表态。

杨冲虽不懂药理，可也知道这些药材都名贵得很，而且要的量又那么多。且不说这需花大把银子，他真担心就算是有银子，短时间内也凑不够。

这时，六九已经回到厅内。他将三锭足十两的纹银递给了玉符，又从袖里摸出一枚一两的碎银放在了小桌上，见玉符疑惑，他解释道：“这三十两纹银，是少爷给的。”然后，他有点不好意思地看看玉符，又看了看同样满脸疑惑的少爷，“这……这一两碎银，是……我给的。”说完，他不自然地接上一句，“呃……少爷，袁姑娘，你们的茶凉了吧，我……我去换两杯热的。”言毕，忙捧着两杯茶走开了。

玉符心直口快，对杨冲赞道：“真是个大好人呢！”然后她俏脸一红，问了一句，“他是你的书童，叫六九的？”

“嗯。”杨冲皱着眉，心不在焉地应了一声。想了一会儿，低声对玉符说道，“符妹，我的身世……”他警惕看着六九已经走出厅去，便用更小的声音继续道，“我的身世只有你知道，我也不瞒你。我是穿越来的，对这大明朝的南京城可一点儿都不熟。”

玉符点点头，表示理解。

杨冲这才恢复正常的音量，说道：“刚才你说的那些药材，颇为名贵，要量又大。我倒真不是心疼银子，只是，时间那么短，怕是有银子也凑不够那么多药啊。符妹你见多识广，据你所知，这南京城里，有哪家药铺能存有那么多名贵药材？”

玉符撅着小嘴儿，努力想了一会儿，沮丧地说道：“老实说，哪家药铺都不可能存有那么多药材。除非……”

“除非什么？”杨冲本也有些灰心，但听她并未把话说死，便急忙追问。

玉符刚要开口，却听得远处一个声音传了过来——“除非是江浙药材龙头老大‘回春堂’肯出面，号召各个药铺一齐凑，或许还能来得及。”

说话者，正是书童六九。

“正是，正是。”玉符和六九不多久前还是对斗气的小对头，这时她瞧着六九，眼里已有了赞赏之色，“六九说得对极了，若是‘回春堂’的林老板肯出手相助，我想五日之内，定可备齐所需药材。”待兴奋褪去，她冷静下来，又怅然道，“可是我一个穷苦丫头，哪里有可能认得林大老板。所以，这件事也只能是想想罢了。”

“你不认得怕什么，我们少爷和林老板一家可熟得很呢！”六九傲然说道。

杨冲只恨他嘴快，赶忙说了句：“别胡说！”

“我没胡说啊。”六九本以为少爷会和自己一样得意，没想到少爷却好像不太高兴似的。他心想，能娶上人尽皆知的林大美人是多风光的事情啊，而且要老丈人帮个忙又没什么打紧的，所以他一嘟嘴，难得顶撞了一句，“小的没有胡说嘛，林老板是你未来的老丈人，林大小姐是你没过门的媳妇儿，这关系还不熟？”

“啊！？你……”玉符大吃一惊，瞧着杨冲一时也不知该说什么。

杨冲心里直怪六九多事，但这小书童又如何晓得他穿越而来的种种事情呢，所以自然也不了解他心中顾虑。哎……想到这里，他只苦笑着摇了摇头，不忍责骂六九了。

“原本我……我打算等这门婚事更明朗些再告诉符妹的。”杨冲微红了脸，赶紧把话题转开，道，“要不这样，‘回春堂’那里，我……我定当尽力，五日之内，我一定会想法子为你凑够那三味药的。旁的事情嘛……”

“冲哥只管放心，旁的事情全由我一力承当。”玉符昂然道。

好美，真的……好美！六九站在一边，看着袁玉符虽然稚气未脱，却侠义凛然的样子，不觉看得痴了。他突然觉得心中荡起一阵异样的感觉，这是十四年来从未有过的。他也曾见过不少俏丽女子，却没有一个像玉符这般讨人喜欢。想到这里，他不自觉地摸摸屁股。咦！？怎么不疼了！？怎么……怎么能不疼呢！？玉符姑娘……能再踢我一脚……就……就好了。他这么想着，自己都被自己的想法吓了一跳。

玉符正和杨冲说着话，瞥见一旁的小书童盯着自己无来由地红了脸，感到无比莫名其妙。可她也没多想，继续对杨冲说道："既然冲哥答应帮我这个忙，我便放心了。不知为什么，我们虽然今天才刚刚认识，我却很相信你似的。还记得吗？'出自你口，入得我耳的，我都信'。嘿嘿。"玉符说着，朝杨冲眨眨眼睛，狡黠一笑。

"嗯，嘿嘿。"杨冲也眨眨眼睛，狡黠一笑。

六九在一旁看得云里雾里，问道："少爷，玉符姑娘，什么'出自你口，入得我耳的，我都信'啊？这句话有什么典故吗？"

杨冲不说话，玉符也不说话，只是笑着。大有"一切尽在不言中"之意。

"对了，冲哥，刚才你说过几日要请我帮忙？是否是为了你和林大小姐的婚事？"玉符虽然年纪小，却聪明过人，她一猜便中，"我猜，是要我帮你们'择日'吧！"

"玉符姑娘好聪明！"六九大献殷勤。

这一来，杨冲也就不好抵赖了，只好僵着脸说道："呃……呃……到时候要麻烦符妹了。不过，我还是那句话，这门亲事可能还有变数，所以一切还是过几日再说吧。"

“好吧，那这件事先存在我那儿。若你真能娶到南京城里排名第二的大美人，那妹子一定给你挑个最吉利的日子，叫你们白头到老，百年好合。”

“排名第二？”六九显然在潜意识里已经将林黛玉小姐默认为自家的女主人了，颇为不服气地问道，“大家向来都说林大小姐倾国倾城，绝色无双。怎么到你这里，竟成了排名第二的！你倒说说，谁堪第一？”

“嘿嘿，小屁孩儿。那排名第一的姑娘，只怕你得过两年，身子长硬朗了才见得到呢！”玉符又是狡黠一笑，不做正面回答。

“我是小屁孩儿？你……”六九本想反唇相讥，但想到玉符那令人心醉的笑容，便再也说不出半个字了。

杨冲见他俩斗嘴正欢，便摆出大哥架势，咳嗽一声道：“好了，六九，你今天的话怎么那么多？人家袁姑娘忙得很，来这儿又不是找你斗嘴的。符妹，今天天也不早了，只怕明天起你少不得要忙了。我看……”

玉符站起身，笑着向杨冲一抱拳道：“说得正是，打扰冲哥到这么晚了，我也不好意思。袁玉符这就告辞了。”

杨冲和六九一齐送玉符出了门。杨冲走在前面，六九和玉符跟在身后。

玉符将出大门而未出时，见杨冲走在前面，趁着六九不注意，又踢了六九一脚，顺带做了个鬼脸。

这一脚，踢在他小腿上，却让这小书童心里一甜。

杨冲一直将玉符送到了大宅门外，再三道别，这才转身往回走。走了几步，他突觉异样，一回头，见六九还站在宅门一步外，傻愣愣地瞧着玉符远去的背影。他见了此情此景，心中登时明白了些许，也没有唤回六九，只是笑着，独自朝卧房走去。不知怎的，脑海里竟浮出一首现代歌曲，不禁轻哼起来：“爱情是一种很玄的东西……”

六　更名

杨冲的卧房布置得还算精致。家具都是花梨木的，靠着东墙摆着一张大木架床，床头床尾皆有雕刻，图腾各异；取坐北朝南之意，靠北墙摆着一对太师椅，两椅之间乃是一方小桌，小桌上摆副围棋棋盘，其旁两紫檀木圆钵并立，黑白棋子各一钵，皆是琉璃制造。房西乃是一张书案，案上有若干线装书，四书五经这样的应试教材自然不会少，但也有《隋唐两朝志传》《残唐五代史演义》这样的小说。这两本书皆是罗贯中所著，“新杨冲”也曾翻找过一通，就是没有找到前世最爱看的《三国演义》，心里不免失落。案旁又东西横跨一张低矮竹架，上置古琴一张。南墙居中位置乃是房门，居东位置是米友仁的《云山烟雨图》；“新杨冲”只知道“米点山水”后世流传的是一幅叫《云山深意图》的，想来这《云山烟雨图》可能系同一系列的作品，不知什么原因，后世失传了。南墙居西位置立着搁架，放些古玩摆设；架旁是一口瓷质卷缸，里面插放着些字画卷轴。

殷小君前些日子刚附身在杨冲身上的时候，由于鸠占鹊巢，对新身体的支配还不利落，所以很是在卧房里萎靡了几天。这些天这新身体病已褪去，他支配得也熟了，加之今天又兴致勃勃地逛了南京城的几条名街，吃了些酒肉饭食，待入了夜，好似长期以来积蓄的能力想要释放出来，屋里焚着有助入眠的香，可他躺在床上辗转反侧，夜不能眠。他突然怀念起了前世做殷小君的日子。那些日子里，晚上可以看电视、打网游、听音乐、煲电话，有时还要欣赏两部岛国爱情动作片。可这古代社会，到了晚上除了能看几本书外，真是啥消遣也没有——至少，目前是没有。所谓“温饱思淫欲”，如今他已不是殷小君，而是大明秀才、杨家三代单传、老夫人的命根子——杨冲杨少爷，在这初春的夜里，本能地想起了女人。

当然，他的脑海里首先浮现出的还是“她”。在地府里的苦苦哀求……来到大明王朝痴痴追寻……哎！何时才能找到“她”呀！

而后，待他一转身，又想到了那个素未谋面的林黛玉小姐。这林大小姐……好像大家都称赞她是个超级美女，那想必是错不了了。到底有多漂亮呢？他这么想着，对那包办婚姻陡然期待起来。他想：古人都是三妻四妾的，多娶几个老婆而已嘛，看杨家家大业大的，应该……不妨事吧。

不对，不对不对。我只爱“她”的。怎么能那么浅薄地胡思乱想呢！？

他这么想着，猛摇了几下头，想把脑海里种种欲望甩去。可欲望这东西，压根儿就不是人能去除的。就好像朱熹老先生，明明说着什么“存天理，灭人欲”，却又引诱两个尼姑做宠妾。还是王守仁大哥想得通啊：天理即是人欲，挥之不去。

要说这“人欲”真是奇怪，越是静、越是冷、越是夜深，它越是骚动不安、越是燥热难忍、越是清晰刻骨。

“啊！啊——”杨冲索性从床上跳下来，大吼几声来发泄，“哎，这大明也有苍井空就好了！”

“少爷，您怎么了！？”六九心急火燎地冲了进来，正巧听到了杨冲关于苍井空的呼唤。

六九作为少爷的书童，就睡在少爷卧房旁的小房里。这小书童和他家少爷一样，晚上也被人欲折磨得死去活来。这是他长这么大头一遭，竟会想一个姑娘想得睡不着觉。那袁姑娘有点狡猾，有点野蛮，却很是仗义，而且非常漂亮……正这么想着，他只听得少爷在隔壁房间里大呼小叫起来。由于这少爷自小就是个病秧子，谁知道这次的病是不是去根儿了，万一是没好透，又复发了呢？想到这里，六九就顾不得脑海里玉符层出不穷的倩影了，赶忙穿上鞋子、披了衣服赶到了少爷房间。不过，少爷看起来好好的，只是显得比较烦躁而已。

“少爷，这……这个‘苍井空’是啥玩意儿啊？您给我形容形容，小的虽然见识少，可指不定凑巧知道哪儿能弄到呢？”六九琢磨了半天，“苍井空”这名字怪怪的，他实在想不出是个什么。不过瞧着少爷好像很想得到的样子，所以他本能地问道。

“这……呃……”杨冲哭笑不得，他灵机一动，说道，“这‘苍井空’嘛，是我新创的词牌名。就和‘卜算子’、‘菩萨蛮’、‘西江月’这些词牌名差不多的。”

“哦……小的没读过书，不过自幼伴着少爷，也颇识些字，私下也胡乱读过几首诗词。少爷最近学问是越发了不得了，不但古书典故是越引越多，这下连新词牌名都创出来了。”六九心里想，但凡文人创作了得意文章总是不喜欢孤芳自赏的，喜欢有听众来赞许自己的作品。所以，他连忙恳求少爷道：“少爷，您把这‘苍井空’吟个几句给小的饱饱耳福吧！”

杨冲听了这话，恨不得抽死自己。“苍井空”？词牌名？你是不是想逼死我啊！

“呃……这个嘛……”杨冲心念飞转着该如何补救，好不容易才胡诌道，“我呢，才刚刚想出个大概，目前这新词只有两句。你且听了，‘苍天有井独自空，松柏孤岛唯赏枫’。你觉得如何啊？”

“苍天有井独自空，松柏孤岛唯赏枫。”六九不知杨冲耍他，一本正经地回味良久，才认真地回答道，“少爷果然才学不凡。此词吟起来如诗如画，如临其境，意境空灵，诗画合一。小的听来，回味悠远，颇有深意。想必等少爷大作全部完成，定然是更好了。”

“哈哈哈哈，哈哈哈哈，哈哈哈哈哈！”杨冲听了小书童这一番溜须拍马的恭维话，笑得前俯后仰，眼泪都掉出来了，他捂着肚子，拍着大腿，放声大笑。

“少爷……”六九也不知道到底哪里好笑了，少爷竟然笑成这副德行，他唯一能想到的，就是自己对少爷的创作理解得太差，被少爷取笑了，所以，他闷闷不乐地说道，“少爷，您就别笑了。我只是个小书童而已，理解不了少爷的大作是在所难免的。不过少爷也不必这么笑话我吧……”

杨冲一听这话，才知道这小子误会了他笑里的内涵，可这一笑起来，却不是一时半刻能收得住的。他又笑了一会儿，见六九竟然面露悲色，想必是真的伤心了。所以他努力地克制住，止了笑，安慰六九道：“你别误会，我不是取笑你，只是一时想到了些旁的趣事。”

“哦……”六九嘴上这么应着，脸上的悲意却更浓了，他叹了口气，对少爷说，“我方才听得少爷大叫，以为是您身子又有不适。现在看来，倒是小的乱担心了。那小的就退下了，不打扰少爷作词。”说着，他转过身，作势要走。

“六九，你且慢走。”杨冲瞧着小书童似乎有心事，就叫住了他。

“少爷，您太客气了点儿吧……”六九吃了一惊，尴尬地看着少爷，“小的房间就挨着少爷的卧房啊，这才几步路啊，您还说慢走……”

“啊？嗨！”杨冲顿悟过来，摆摆手道，“此‘慢走’非彼‘慢走’也。我是叫你先不要走。”

“哦……少爷还有吩咐？”

“吩咐倒是没有。来，你先坐下，陪少爷……”杨冲说着住了口，在屋子里扫视了一圈。

六九听得“陪少爷”三字，又瞧着少爷左顾右盼，似乎在瞄着他的卧床，浑身打了个冷战，心里慌得不行，想道：少爷不会生了一场大病后就变得好男风了吧……难道今晚要把我收做他的娈童！？

所谓“娈童”，是古代的一种陋习。达官显贵养着美貌俊俏的年轻男子，来获取一些异样的体验。不过，娈童到达一定年纪，是可以脱离其所在大家庭，如同常人一样结婚生子的，并不受特别严重的歧视。不过再怎么说，这“娈童”的存在也是一种人性扭曲以及封建制度弊端的体现。

可是说实话，六九确实有做“娈童”的条件。他虽然年纪尚小，可颇为俊俏，皮肤白皙，浓眉大眼。所以他才会有此误会。

“对了，你会下围棋吗？”杨冲眼睛看着小桌上的那副围棋棋盘，问道。

“啊？围棋……”六九心里还在慌张地胡思乱想，所以一时反应不过来，好在他只愣了那么一下，就回过神来，大舒了一口气，道，“哦，原来是围棋啊，还好，还好。”他见少爷一脸困惑地瞧着自己，自觉失言，便急忙咳嗽一声，道，“哦哦，少爷是要小的陪您下棋是吧，小的才疏学浅，棋艺稀松，仅能陪少爷解个闷，还请少爷手下留情啊！”

杨冲瞧六九初来时心事重重，之后又古古怪怪，不知道他究竟是怎么了。所以放心不下，便想和他聊会儿天，开导一下。虽然这身子属于六九的主子杨冲秀才，可作为魂魄的殷小君其实并没有什么“主仆”的身份概念，他更多的是把这小男孩当作弟弟，甚至是子侄一般。

待两人坐下来，下了几手棋，杨冲便开口试探道：“六九，我瞧着你小子今晚心神不宁的。有什么心事，不妨说给我听听。”

六九夹着白子的手指凝在了空中，他不安地看着少爷，然后低下了头，手也垂在了桌上。

“六九，你说你自从七岁开始和我朝夕相伴，算来已整整七年了。我记得我病刚好的时候，第一眼见到的人便是你。我还记得你当时欢天喜地地叫着‘佛祖、玉帝、观音菩萨保佑，少爷终于醒啦！’那一蹦三跳的模样。你知道，当时我心里是什么感觉吗？我错以为眼前的这个小子，不是我的书童，而是我的弟弟。”杨冲缓缓把手里的黑子倒回钵里，用诚恳的口吻说道，“直到现在，你坐在这小桌对面，我看着你，心里依然是这样的感觉——这个人，是我的弟弟。”

六九听到少爷说这些话，鼻子一酸，泪水“哗”的一下就下来了。他离开座椅，“扑通”跪在地上，对少爷说道：“少爷对小的情深意重，小的……小的……呜呜呜呜……”

杨冲赶忙上前把他扶回了椅子上，说道：“你这话说得可颠倒了。不是我对你情深意重，仔细想来，我都不曾为你做过什么，只是心安理得地享受着你的鞍前马后、鞠躬尽瘁。一直以来，是你对我情深意重啊。我是个连油灯都不会点的废材，唯一能做的，就是陪你说说知心话。来，六九，告诉我，你到底有什么心事。我们兄弟两人，日后可以风雨同舟、齐心协力。你真有什么难处，也就是我的难处，我会与你同舟共济，一同克服的。”

六九又“扑通”跪了下去，这回还外加不住地磕头，边哭边说：“能跟着少爷是小的福分。少爷对小的好，小的明白。少爷说什么‘废材’，小的听不明白。小的只知道少爷年纪轻轻就功名在身，他年当上解元公指日可待。您说‘兄弟’两字，是折了小人的寿，小的没那个福分。求少爷以后千万不要再这么说了，万一被别人听了去，却不说是少爷待我厚，倒会说小的欺主了。”

杨冲无奈地苦笑，想这小子受封建思想残害也不是一天两天，要拗过来是不可能了。他只好对跪在地上的六九说道：“六九，你快起来。”待他落座，杨冲想了一下才斟酌着开了口，“既然你觉得我们兄弟相称实为不妥，那我看不如这样，我们虽然在外人面前还是主仆，可像当下这样只有你我的时候，我们便是朋友，你看如何？”

六九还想反对，只听得杨冲突然摆起了少爷架子，说道：“要是你再驳我，我可要生气啦！”听少爷这么一说，六九只好接受了他的提议，谢过少爷了。

等到六九情绪平静下来，杨冲重问道：“六九，你倒是说说，今晚是被什么烦心事缠着？”

“嗯……少爷，我……我想……我想求你……”六九颤着声，断断续续地说道。

“哎，都说了，此刻我们是朋友。什么求不求的，你只管说便是。”杨冲豁然道。

“少爷，我想求您和老夫人说说，给小的换个名字。”六九好不容易把要求提了出来。

杨冲想不到是这么简单的事情，当下说道：“我还当是什么要紧事，原来只是要改个名字。也对，你这名字……六九……”他脑海里突然又想起了苍井空的一些作品，“嗯……的确是不妥，更是不雅。是得改，是得改啊！”

不雅？六九这下摸不着头脑了。他叫六九，是因为他是老夫人在六月初九这一天买回来的。在元朝，老百姓如果不能上学和当官就没有名字，只能以父母年龄相加或者出生的日期命名。比如著名的明朝开国皇帝朱元璋同志，本名就叫朱重八，也可以读作朱八八。后来明取代了元，可一来穷苦百姓已经习惯了这种取名的方式；二来，他们也没办法啊，都是睁眼瞎，不识字啊。

六九本姓是什么，他自已也不知道，他也不想知道。他自小就被人卖来卖去，他恨将他当作货物一样卖来卖去的那些人。可他也知道，这就是命，就是他的命。怨天尤人是没有意义的，但他不甘心一辈子就顶着这个叫“六九”的货品名活下去。如果说这个念头平时只是潜伏在他的脑海里，自见了玉符之后，这个念头便被彻底激活了。他猛然觉得“六九”这个名字是个耻辱，“我该有个像样的名字”，这个声音在心底呐喊，他迫不及待。

他之所以要说出“求老夫人”云云，是因为他的卖身契在老夫人手里。所以从理论上来说，他的确还是老夫人的一件“商品”。老夫人自然拥有对这件“商品”的一切权利，包括命名权。

现在听到少爷答应了改名的要求，他不由得大喜过望，又

“扑通”跪下，连连磕头感恩。

“六九，你既然说你识得几个字，又看过些书，那你就应该明白‘男儿膝下有黄金’的道理。你怎么那么喜欢跪啊……哎……以后不要再这样了，我受不起。”杨冲突然想起了前世看一个小品，里面夸张了日本人的鞠躬打招呼方式，两个演员互相鞠躬一直到腰酸。今天也是一样，六九每跪一次，杨冲就要去扶一次，这一来二去，他也疲了、烦了。

“是，小的记下了。”看来把少爷当作朋友，小六九是暂时做不到了。

“那我问你，你要改什么名儿，自个儿想好了吗？”

“嗯，想好了！”六九这下来了精神，兴奋地报上大名，“我想叫杨金宝！”

这名儿……也忒次了吧。杨冲倒是记得前世知道有个香港武打明星，叫洪金宝的。他问六九道：“你为啥要叫杨金宝呢？觉得这个名字好听吗？”

“因为金对上玉，金玉满堂嘛。然后宝对上符……呃……”六九猛然住了嘴，脸红得直充血。

原来如此！杨冲回想到方才六九站在宅门一步外，痴痴看着玉符远去的样子，心里顿时全都明白了。他笑笑，说道：“我想符……哦，不是，是大多数姑娘，可能不太喜欢‘杨金宝’这个名字。”他略想了一下，然后蘸着茶水，在桌子上写了个“仲”字，然后对杨金宝解释道，“我的名是个‘冲’字，乃是‘中’字加两画。现在我把这两画移动位置，变成个‘仲’字。这一来呢，说明我们两人是同根同心。二来呢，伯仲叔齐，‘仲’字乃是排行老二之意。你也知道，我是家里单传，没有弟弟。所以我希望你从此可以做我的弟弟。所以你叫‘杨仲’，怎么样？”

“多谢少爷赐名！”六九欢欢喜喜把“杨金宝”这名字舍了，要了“杨仲”这新名字。

“对了，六……哦，不，仲弟，我听你方才所言……”杨冲故意逗杨仲道，“似乎你很喜欢玉符姑娘啊！”

杨仲没想到少爷冷不丁杀了个回马枪，脸“唰”的一下又红了，结结巴巴地说道：“我……我我……这……这……我……”

“哈哈，仲弟，这男人喜欢女人，乃是天经地义之事。虽然你年纪还小，不过‘爱情’这东西，是每个人与生俱来的权利。我教你一个词，你且记住了。这叫‘天赋人权’。”杨冲想起了卢梭的名言，一时高兴，就教给了杨仲。

“天赋……人权？”杨仲反复咀嚼着这个词汇，似有所悟。不过他突然又沮丧地叹了一句，“可……老天让我生下就是个穷命。老天赋给我的权利就是伺候人，我……我只是个小书童啊！”

杨冲听得出这一叹里包含着多少无奈和多少期待，这一叹所折射出的，难道仅仅是一个小书童的辛酸苦辣？那是整个封建社会底层人民的叹息，是社会体制、人伦道德极度不合理、不健全的哀鸣。他看着眼前神情黯然的小书童，心道：社会问题我无力解决，你的问题，我必须解决！

他已暗暗打定了主意，不过现在不便说明，只是对杨仲说：“你不要泄气，自古男儿当自强，你若真的想有一番作为，好配得上玉符姑娘，我会帮你。”他分明看见杨仲眼里闪过了光彩，不过他还是说，“今天天色已晚，不如早些歇息。待到明日……明日我自有计较。”

七

智对

翌日，正统十三年二月十二日。

杨冲自从“病好了”之后，每日都是睡到自然醒的。连续几天，他非到晌午才懒洋洋地起床。可今天，他特意早起，随意吃了点早餐之后，便急忙去内苑给老夫人请安了。

说是请安，其实请安倒是其次，主要还是杨少爷要替书童办事。他一边走着，一边盘算着一会儿怎么向祖母撒娇耍赖，从她那儿要来六九——现在已经改名叫杨仲的——卖身契。谁知到了内苑，却吃了闭门羹。问过祖母的侍婢才知道，她老人家起得更早，这会儿已经出门去了。

“你可知道老夫人去哪儿了？”自他“病好”之后，还从没见老夫人出过门呢。由于“初来乍到”，他只以为是老夫人年纪大了，便懒得走动，不爱出门。如今头一回听说老夫人出了门，他当然会好奇地打听一番。

侍婢点点头说：“知道啊，老夫人出门烧香还愿去了。”

“哦？烧香还愿……是哪里的庙宇？”杨冲心想：难不成是玉符妹妹所在的莫愁观？他隐约记得玉符说这观当地人唤作“城东老观”的，便补问一句，“是不是往城东去了？”

侍婢摇摇头，道：“少爷错了，老夫人是往城南掩瑕庵去了。”

“掩瑕庵？”杨冲没什么宗教信仰，前世还是殷小君的时候，他常常每逢各种考试，都是“阿弥陀佛”、“上帝保佑”一通乱号的。虽然如此，他也大致懂得“道观”、“和尚庙”、“尼姑庵”的细微分别。当然，绝大多数的观、庵、寺十之八九都称为“某某庙”。不过既然明确说了是“庵”，想必是座尼姑庵无疑了。

那侍婢瞧少爷一无所知的糊涂样子，心里暗想：听六九说少爷病好了之后却丧失记忆了，看来是没错了。她向少爷解释道：“少爷贵人事多，许是忘了。从前少爷身子不好，老夫人可没少为您拜佛祈福。虽说她老人家是见佛便拜，咱南京城里的大小寺庙都走了个遍，香火钱撒出去不少。但要说她最常去的，还是掩瑕庵。贱婢陪着她老人家去过几次，这庵里倒是没什么特别之处。只是有一个带发修行的美貌尼姑，最讨老夫人欢心。不单是老夫人，城里好多女子都慕名前去，听她解疑释惑呢。”

杨冲听到这里，心想：哦，原来这是个古代心理医生。等忙完了找药的事儿，随便找一天去会会这个尼姑耍耍。

可他又听到侍婢接着说道：“可这尼姑有个规矩，她见女不见男。所以很多仰慕她美色前去的男子，都落了空。”

“哦？有这等事？”杨冲突然产生一种逆反心理，越是见不着便越是想见。要不怎么说，拒绝是最好的勾引呢。不过这些都是后话了，既然老夫人不在，替小书童办的事只能往后排了。眼前最重要的，就是帮玉符把那三味药凑齐。想到这里，他问那侍婢道，“我问你，你知道‘回春堂’在哪里吗？”

“嘻嘻，少爷，您除开咱杨家老宅，最该认得的可就是

‘回春堂’呀！”杨冲要娶林黛玉的消息，杨家上下没有不知道的。侍婢见少爷问老丈人的店在哪里，只道是他等不及要成亲那天才见到漂亮媳妇儿，想跑去先打打眼，便含笑劝道，“少爷呀，这林家大小姐是极规矩的大家闺秀，想来平时是大门不出，二门不迈的。你去她家铺上，哪里见得着呀？”

杨冲听她误会，却懒得和她解释，只是说道：“我去‘回春堂’，是有正经事儿要办。你闲话少说，快告诉我，那药铺在哪儿？”

“就在城隍庙旁，最大的那家铺子便是。”侍婢见少爷无心玩笑，便不敢多嘴了。

“少爷，少爷！”杨仲在苑门外，冲着苑内喊道。这杨宅内苑乃是女眷住的地方，平时家丁、书童是不得入内的。

侍婢见来人是六九，便说道：“哟，是小六九啊，上次你央我给你缝的衣服我缝好了，你得空的时候找我来拿。”

“嘿嘿，王大姐，我现在可不叫六九了。我改名了，以后你得叫我‘杨仲’了。”杨仲自豪地说道，他见少爷已走了过来，便向少爷说道，“少爷，伺候你吃完早饭后我就寻不到你了。老夫人吩咐我要时刻跟着你的，我可不敢怠慢。我想起昨晚的事情……”说着，他满怀感激地看了少爷一眼，“我就猜少爷可能到老夫人这儿来了。”

“哎，仲弟。原本我打算一大早给你个惊喜的。现在看来，这惊喜得推迟了。”杨冲说话间，已走出了内苑。

“惊喜？”杨仲本以为少爷只是跑来向老夫人请安的，顺便说一下替书童改了名字的事儿。他已知道老夫人一早上就出去了，不过以她对少爷的宠爱，是不会不答应改名这点小事的。单说改名这件事，就已经挺惊喜了。难道还有别的“惊喜”？

"呵呵，天机不可泄露，既然是惊喜，那现在自然是不能露半点儿口风给你啊！"杨冲也不管杨仲一头雾水，吩咐他道，"你快去要辆马车，然后随我去'回春堂'走一遭。"他原本打算一个人去的，不过既然杨仲来了，便顺便也带了去。

杨仲领命去了，留下杨冲在内苑外的花园里，想着一会儿到了"回春堂"该如何是好。

昨晚他躺在床上，想了上、中、下三策。

下策呢，就是直接杀到"回春堂"，告诉里面的伙计"我就是你们老板的未来姑爷"，叫掌柜的出来相见。然后把所需药材告诉掌柜的，掌柜的必然是拿不出那么多名贵药材啊，他自会跑去告诉老板。老板又自然而然会出来见我，到时候不怕他不卖我这乘龙快婿的面子。可如此一来，且不说还未成婚就欠了岳丈家人情，单说这么一来，就不好意思日后取消亲事了。杨冲思前想后，觉得如此不妥。

这中策呢，就是自己不亲自出面，而是遣不相干的人跑去"回春堂"里买药，将有一苗族姑娘危在旦夕的事情和盘托出。素闻林老板从前是太医，又是侠义心肠，想来当他知道自己凑齐药能救人一命，必然不会推辞的。可一来担心若是日后林家知道了此事是我杨冲策划的，会觉得我缩在幕后，轻视了我。又或者觉得我不亲自拜访林老板，是轻视了他。总之，麻烦多多。二来呢……如果直接和林老板商议此事，也不是不行，却遗憾见不到林大小姐了。

这大家闺秀未出阁之前，怎么会随随便便见男人呢——即使是自己未来的夫君。若是自己厚着脸皮上门求见，反要被人嘲笑猴急了。

所以，他又想了个上策。只是这个上策嘛……若要实行，还需再了解些情况。

正想着，杨仲已回来了，对少爷说道："少爷，小的已经要好马车了，在门外候着呢。"

杨冲点点头，跟着他边往门外走，边问道："仲弟，我问你，林老板是成天待在铺里的吗？"

"小的不太清楚。不过小的听说，林老板从前是太医，也是有功名在身的。所以他平时还是和一些文人骚客在一起多些，所以铺里，据说是不常去的。"

好，这第一个条件，满足了！

杨冲又问道："那我且再问你，林大小姐，她平日会去铺里吗？"

"少爷，这您还真问着了。"杨仲得意笑道，"上次我随管家去林家送礼的时候，趁闲着无聊，就和林府的家丁胡聊。照理说，林大小姐这样的大家闺秀，怎么可能去铺里抛头露面呢？可那家丁却说，'大小姐真是厉害，她十三岁时，有一次老爷生了一场大病，夫人死得早，她又是家中独女，便只好去铺子里替老爷打理生意。原以为她一个小女孩，哪里懂得生意上的事。却不曾想大小姐好生了得，她把事情都打理得井井有条不说，那段时间竟把生意又做大了不少。说句不好听的，真是比老爷打理得还要好。我们老爷并不醉心于生意，反倒喜欢以文会友。而大小姐自那次之后，便一发不可收拾，似乎是爱上了当幕后老板。她现在每日都会去铺上的，坐轿从铺子后门进，然后隐在铺子偏厅的一间小室内，还用轻纱蒙了脸面。所以呢，也算不得抛头露面了'。"

好，这第二个条件，也满足了！

还有最后一个条件，看来不到铺上去直接探个究竟，是得知不了的。他这么想着，已经走出了宅门。

"少爷，是直接就去'回春堂'吗？"两人都上了马车后，杨仲问道。

“嗯……这样，我们先去城隍庙。我也买顶能遮脸的纱帽戴戴。”

“咦？少爷这是要干啥？”杨仲好奇地问道。

“嘿嘿，所谓‘山人自有妙计，不足为外人道也’，等到了药铺，你自会明白的。”说完，杨冲便不再说话，只是闭目养神。

不一会儿，马车来到了城隍庙。杨仲叫车夫稍等片刻，他下了车，在城隍庙周围寻了个衣帽铺子，买了顶轻纱笼着的大帽，便急匆匆赶回少爷身边了。

“少爷，你看这顶帽子合心意吗？”

杨冲接过帽子，却往书童头上一戴，那帽子周围笼着的轻纱，立刻就把杨仲的脸遮了起来。从外面瞧，只能隐约看出个脸型。

杨冲满意地笑笑，将帽子从书童头上摘下，戴在自己头上。顿时，世界模糊了。算了，有得必有失嘛。他往车厢内壁上一靠，吩咐车夫驾车往“回春堂”去了。

到了“回春堂”，他一下车便看见店门上的那副对联，上联是“红花红藤映山红，地道药材”，下联是“海龙海马胖大海，进口稀货”，门楣横批是“百药俱全”，他莞尔一笑，心想“天助我也”。进门之前，他吩咐书童道：“仲弟，我从这一刻起，不再是‘杨公子’，而是‘牛公子’，懂了吗？”

杨仲先是一愣，既然反应过来，偷笑了几下，说道：“嘿嘿，小的明白。”

杨冲点点头，抬步进了那药铺里去。

“回春堂”是江浙一带药材铺的龙头老大，店面自然不小。刘掌柜“眼观六路，耳听八方”，时刻注意着铺上来来往往的客人，也观察着每个伙计的表现。他见一个青衣皂靴、书生打扮的人走了进来，可这人好古怪——戴着一顶纱帽，把整张脸遮住了。他虽觉古怪，可转而一想：这人可能是脸上有疤痕之类的，不想以丑示人吧，也便不再多想了。他又见那怪公子身后跟着个书童模样的俊俏后生，这后生……怎么有些面熟，似曾相识？他经验丰富，尽心尽责，生怕铺上出半点差池。这对主仆，摸不清来历，又有些古怪，所以掌柜稳妥起见，便亲自迎了上去。

“这位公子，来我‘回春堂’里抓药吗？我是这里的掌柜，有事只管吩咐。”刘掌柜笑脸相迎。

“呵呵，这位老兄好生奇怪，我来你药铺，不是抓药，难道是来吃饭的吗？”那怪公子讥讽道。

刘掌柜一听便知道眼前这人绝不是个善茬，没准是来挑衅滋事的，便暗暗加了几分小心。他非但不恼，反而笑得更甚，用更客气的腔调说道：“是是是，是在下糊涂了。这位公子，不知您要抓什么药？不如将药方给在下一阅，让在下为您效劳一番？”

怪公子“嘿嘿”笑道：“药单未开，听我报来，一买称心丸，二买如意丹，三买烦恼膏，四买怒气散。”

糟了，这怪人果然是来滋事的。刘掌柜既然确定了来者不善，便收起笑容，冷冷说道：“这位公子，您要买的这四味药，我们铺上没有。”

“哦？没有？”怪公子干笑几声，质问道，“你们打着“百药俱全”的牌子，竟连那么常见的四味药都抓不出来？可见是靠招摇撞骗做生意的，我看你们赶快乖乖给我将这招牌摘下，不然的话，我可要亲自动手了。”

“这……这……”本来刘掌柜和铺上一众伙计瞧来者不

善，想赶他出去的。可被他这么一问，竟理屈词穷起来。有些在旁的买药客人还给那怪公子喝彩，这可急坏了刘掌柜，“这”了半天，也不知道该如何是好。

这时，只听得偏厅里传出一个脆生生的女声：“刘掌柜，你过来一下。”听那声音，说话的女子不过十四五岁的年纪。杨冲当下吃了一惊：原来林大小姐是这么小的一位姑娘。

刘掌柜如遇救星，急忙走到了偏厅小室的垂帘门外。杨冲也盯着那偏厅小室处，只见一个身材娇小的姑娘也走到垂帘旁，隔着垂帘对着刘掌柜悄声说了些什么，掌柜脸上立刻露出了释然之色。而后，刘掌柜朝室内那姑娘点点头，又朝着杨冲的方向指指点点了一通，这才走回到杨冲面前，冷笑一声道：“这位公子，您要的四位药，小店真的没有。不过，虽然小店没有，也一样和‘百药俱全’不相违背。”

“哦？你这掌柜，脸皮倒厚，明明缺药，却还嘴硬？”

刘掌柜刚才得了小室里姑娘的指点，心里早已有数，于是便对怪公子说道：“你说的四味药，只有其名而无其药。所以我店里拿不出这四味药，自然合情合理。”

“好一个‘有其名无其药’，掌柜，既然这四味药皆有其名，你只告诉我，这四位药分别是什么？”

“诚心待客称心丸，百问不烦如意丹，无事生非烦恼膏，医药精良怒气散。”刘掌柜捻须吟道。说罢，鄙夷地瞪了那怪公子一眼。

“好，呵呵。这‘回春堂’果然是名不虚传。”怪公子见刘掌柜要赶自己走，便又道，“且慢，且慢，我还要再点四味药。”

围观的客人是越来越多，一听怪公子说出这话，都起哄道：“再点四味，再点四味！”

刘掌柜无奈，只好硬着头皮说道：“公子请点。”

“好！你听好，我‘一买游子思亲一钱七，二买举目无亲七钱一，三买夫妻相亲做药引，四买无儿娘亲二三厘’。请给我抓来吧！”

“你……无耻小人！”刘掌柜再也忍不住，怫然怒道。

“哈哈哈，看来还是不出我所料啊。这‘百药俱全’的招牌，今儿我是摘定了！”怪公子似是丝毫不介意刘掌柜的指责，笑着说道。

只是他话音未落，便有四包药材飞到了柜上。杨冲正奇怪，只见一个身材娇小的美貌少女从偏厅处走了过来，想必这四包药，就是她配齐的。

“请这位公子过目查验吧！”她指着那四包药，气哼哼地说道。

那少女一出声，杨冲便认出来这脆生生的声音和刚才那句“刘掌柜，你过来一下。”分明出自同一个人。他打开四个药包，见分别包着茴香、生地、蜂蜜、黄连四味药。这姑娘又开口道：“‘游子思亲当回乡，举目无亲在生地，夫妻相亲甜如蜜，儿无娘亲黄连苦。’怎么样，我没抓错吧？”杨冲瞧瞧这四包药，又瞧瞧这出自偏厅的美貌少女，心想：是了，是了，这就是林黛玉林大小姐了。只是没想到，她是个这么年幼的小姑娘。

“没错没错，正是这四味药。”少女见怪公子把那四个药包递给身后小童，她才注意到，这小童似乎在哪里见过的，却又一时想不起来。

“既然没错，那权且当我铺上送给公子的。”刘掌柜做个手势，说道，“既如此，公子，请吧！”

“哎，这位掌柜，你急什么。我还要点四味药呢！”

听他说出这番话来，顿时加油鼓劲之声四起，尤其是男客——“对对对，书生，可别输了啊！”、“快点得这小丫头没话说啊！”

刘掌柜这下总算发现了这怪公子今天是有备而来，不点到这铺里山穷水尽，是不会罢休的，他只好听天由命地闭起眼睛，叹口气说道：“你……你点吧。”

这一回，杨冲也想了很久，才报道：“一买药材三分白，二买药材一片红，三买药材连串挂，四买药材七玲珑。”待他报完，看都不看刘掌柜，只盯着那少女瞧。

这下，一脸机灵、娇俏可人的少女都慌了神。她想了好久，还是没有开口。

客人们马上就来劲了，纷纷等着看南京城第一大药铺“回春堂”摘招牌呢。

杨冲心想：林大小姐也不过如此嘛，这下，没辙了吧。

正这么想着，那偏厅小室里，传出一阵拨浪鼓的声响。只见那少女一听得拨浪鼓响，便一扫刚才那副一筹莫展的样子，就连早已蔫儿了的刘掌柜，也恢复了自信似的。少女小跑着进了偏厅小室，过了一会儿，只听见小室里传出她那脆生生的声音，只一句——“那怎么行！？”，继而沉默了片刻，就见那少女复又一掀垂帘，走到了杨冲面前，不情不愿地说道：“公子，请随我进偏厅小室一叙吧。”

八 误见

孤男寡女，独处一室？

杨冲命书童在大厅等候，自跟着美貌少女，想入非非地走向那偏厅小室内。直到他拨开珠帘，这才发现自己想错了。

这孤男倒是孤男。可这小室内，并非寡女，而是有一大一小，美女两枚。

引着杨冲进小室的那美貌少女虽年纪尚小，姿色尚未长开，却已瞧得出是个天生美人胚子。她嘴角饱满丰润，似乎永远噘着嘴、撒着娇似的。相由心生，这该是个活泼开朗的女孩。“小姐，那公子已请进来了。”小美女向大美女福了一福，说着，还顺带白了杨冲一眼。

“葶儿，不得无礼。”那大美女的声音轻轻柔柔，如丝绸滑过耳边。

一听这声音，杨冲只觉得身心倏地平静下来。他回味了片刻，这才打量起这大美女来。这一打量，直惊得杨冲脱口而出：“林妹妹！”

那大美女几近双十年华，长着“两弯似蹙非蹙 烟眉，一双似喜非喜含情目”，而她脸型略长，左眼下一颗美人痣形状似泪，隐约可见，正是“去年一滴相思泪，至今犹未到耳边”。她坐在案旁，一身白衣，和她那凝脂雪肤已融得天衣无缝。可她的白里带种病态，“态生两靥之愁，娇袭一身之病”。她微微抬手，朝她对面的椅上一比，那动作舒缓至极，“闲静似娇花照水，行动如弱柳扶风。”

原来之前那美貌小丫头不过是个丫鬟，这位绝色佳人才是林黛玉大小姐。也对也对，这模样身段、气韵神情，哪一样不是林妹妹？特别是那股从骨子里泛出来的飘飘欲仙的气质，谁见了都不免和贾宝玉一样，要赞赏一句“神仙似的妹妹”。而且，她被那葶儿丫头侍候着，隐在这偏厅小室之中。“美人卷珠帘，深坐蹙娥眉”。思来想去，眼前这大美女除开是林黛玉，再不会是别人了。

只是……有一点稍稍有些奇怪。按着仲弟的描述，林大小姐应该是用轻纱遮面的，可眼前这女子，却大方地将绝色姿容示人。这又是为什么呢？难道她已经猜到来的人是她未来的夫君？不不不，没可能的。或许……或许是因为这小室内只有她和丫鬟两人，所以便放松了些，并不遮面？

“姑娘……姑娘便是林黛玉？”

“无耻浑蛋，我家小姐的芳名岂是你这污口配叫的！”一旁的葶儿杏目瞪得老圆，厉声斥道。

“哦，方才听室外喧哗。只道公子是来抓药的，却不曾想原来是来寻人的。”大美人淡然一笑，又转过脸对那葶儿说道，“好葶儿，怎么对客人如此无礼。还不快去泡杯‘冷香茶’来？”

杨冲见这大美人聪明绝顶，一语就道破了自己的来意，当即面露尴尬，但他嘴上却不示弱，只道：“怎么不是抓药……”可他心虚不已，说话失了底气，所以一说完，就假装四顾室内。偶瞥见萼儿从一精致小盒内取出少许茶叶置于玉杯内，提起水壶刚要冲泡，却又露出了舍不得的表情，将那杯内的茶叶又小心翼翼地倒回小盒里些许，这才灌水冲泡。杨冲心里只道是这小丫头小家子气，不就是些茶叶嘛，至于嘛！

“公子贵姓？”大美人问道。

“免贵姓牛。”

“牛公子若是抓药，那这药单在此。”大美人说着，递过一张纸。

杨冲接过，只见上面写着：“茯苓切片三分白，朱砂研粉一片红，金银花开连串挂，小小葫芦七玲珑。”又见后面附上一行小字，“公子真心买药否？”他心里暗想：这妙人，真是才貌双全。

又听得那大美人说道：“公子，你点的四味药，悉数在此。你要寻的人嘛……却无缘相见喽。”

萼儿端着茶走过来，朝杨冲面前重重一置，正眼都不瞧他，嘴上嘀咕道：“浊臭男子，这玉杯今天姑娘我可少不得要洗得干干净净了。”

杨冲苦笑一下，将杯子伸进轻纱罩，递到嘴边，抿了一口。那茶虽香，却淡若无味。他想：看来还是那小丫头放的茶叶太少了。又是苦笑一下，才向那大美人问道：“照姑娘所言，你不是林家大小姐吗？”

大美人笑而不语，倒是伶牙俐齿的萼儿开了口——又是一通骂：“你这人好生奇怪，我家小姐与你素未谋面，又早已许了人家。你是什么东西，也想见我家小姐？”

杨冲正待要回嘴，却突觉丹田内有一股清气上升，浑身畅快无比，如入仙境一般。怎么回事？他很快想到答案——是这“冷香茶”。这茶是怎么做的，竟会那么好喝？这一顿，就忘了要回嘴了。

“哎……”大美人轻叹一声，“我与公子品茶聊天，葶儿，你先出去帮着刘掌柜打点一番。”

“可是，小姐……”葶儿不放心地瞪着杨冲，却又不敢违背大美人的意思，只好把话咽了回去，悻悻退了出去。

奇怪，这葶儿称大美人为“小姐”，又言听计从的。可这大美人却不是林黛玉。真奇怪，她到底是什么人呢？

“公子，葶儿年纪还小，天真烂漫。你不要与她一般见识。”大美女莞尔一笑，道，“如今这室内唯有你我二人，公子，该吐真言了吧？”

杨冲一时摸不清这美人的来路，只好僵着脸胡乱顶上几句：“我不过是看这小小药铺竟敢挂‘百药俱全’的招牌，一时心血来潮罢了，哪儿有什么真言可吐？姑娘莫要多心啊！”

“公子若是林家妹子的相识，便不会在铺里生事。公子若是真为生事而来，挑林老板在时岂不更好？何苦找林妹妹。公子若是慕着林妹妹美色而来嘛……呵呵，那公子也太孤陋寡闻了。如今这南京城里，谁人不知林大美人二月底便要嫁给那杨家少爷。你若是真爱慕林妹妹，为何等到他杨家都过了大礼，方才现身啊？我瞧公子口口声声唤着林妹妹的芳名，又闻公子今天是备足了药谜来的，恐断然不是什么一时兴起的念头。不过嘛，公子若坚持说什么‘心血来潮’、‘莫要多心’云云。我也就只得信了。”一番话说罢，那美人便收了声，只是慢慢喝着茶。

杨冲暗赞道：厉害，真厉害！她点破我的来意，叫我无路可退，无话可辩。却又以退为进，欲擒故纵。真是聪慧绝顶，心计过人，手段厉害！好！既然如此，我也就将计就计吧。他“哈哈”一笑，摘下轻纱帽，露出了俊秀的脸庞，对那大美人道："姑娘高明，不才在下，便是你口中的杨冲秀才。"

大美人眉头一凝，旋即又露出一丝笑来道："哦？杨秀才真是痴情才子，林妹妹不日便要与你拜堂，到时洞房花烛，岂不美哉？才几日时间，难道你都等不得了？"

"人命关天！这几日时间，确实是等不得了。"杨冲此语一出，两下安静。

大美人见杨冲不像是开玩笑的样子，便肃然问道："公子，此话怎讲？"

杨冲不答反问："姑娘，敢问你是何方神圣？我可不想对不明来路的人吐真言呀！"

"公子可知道城南的掩瑕庵吗？你是今年和我面对面说话的第一个男人呢。"那大美人"美目盼兮，巧笑倩兮"。

"掩瑕庵……"杨冲只觉得这个名字好耳熟，猛然想起今天早上在内苑的侍婢王大姐说的话来，失声叫道，"你是……你是……"

"小尼乃方外之人，如今是带发修行，法号叫作'无瑕'。"

杨冲听她这么一说，才察觉到她的体香并不是一般少女的柔香，而是寺庙里经常闻到的佛香。原来眼前的这个大美人就是掩瑕庵里的古代心理医生，当红尼姑明星——无瑕。"白玉无瑕"，真是人如其名，貌美不可方物。

"公子，如今既已晓得了我的来路，可否……"无瑕说着，试探地瞧着眼前人。

杨冲点点头，便将需要三味名贵药材来救苗族女子的事情和盘托出，又强调了所需药量极大这一点。

"原来如此，难怪你非找这'回春堂'不可了。"无瑕的声调依然是波澜不惊，"可既是正事，为何不直接找林老板相商？"她才问出口，便自己醒悟过来，微展笑颜道，"是了，是我糊涂了。还未结秦晋之好，便要求泰山替你办事，的确有些不妥。”她用杯盖轻轻拂着茶杯，幽然道，“话虽如此，不过杨公子你只怕多少抱着想见未来娘子的私心吧！”

杨冲又被她道中心事，只好红着脸低下头去。这一低头，看见桌上半卷半铺着一幅水墨画，不由端详一番。画上独有一只怪鸟，用笔极省，那鸟白着眼，天地为之一寒。此画以形写情，变形取神；着墨简淡，运笔奔放；布局疏朗，意境空旷；精力充沛，气势雄壮。画上落款状似凤凰，细细辨认，才瞧出是“袭人”二字。

不见林妹妹，倒见花袭人。如今这小小一室，却恍然有入大观园之感。

“小尼……小尼粗浅画的几笔，公子休要见笑。”一直平静的无瑕见杨冲盯着“袭人”的落款瞧了半天、又似有所悟地露出微笑，竟然慌得声都颤了。

咦？不过是看了她一幅画，何必如此慌张？杨冲只猜测是这小女子害羞而已，却想不到还有旁的解释。

无瑕心慌得不行，想道：莫不是被他瞧出了端倪？不会的……不会的……

“袭人？”杨冲突然开口道，“是你给自己取的字号吗？还是俗家名？”

听杨冲如此说，无瑕心里更慌。她死死盯住杨冲。

“明明是个女孩子家，为何要取这么凌厉的名字？”杨冲想了想，道，“我看你叫个‘颦儿’更好些。颦，颦眉的颦。”

无瑕这才松了口气，释然笑道：“昔日武则天取名为‘曌’，便是日月当空之意，岂不更是凌厉大气？”

“那可不同，武则天是千古女帝，是史上一抹异艳。只冲她那立‘无字碑’的豁达气概，便是巾帼不让须眉。而姑娘——哦，不，是小尼师你嘛……娇娇弱弱的，却不适合那般凌厉的名字。”杨冲自觉说得多了，便赶忙又说，“只是字号之事，但随心意。在下胡言乱语，你就当作过耳云烟吧！”

无瑕笑笑，并不说话。

杨冲又说回正题：“无瑕，既然你已经知道了我求药救人之事，可否求你代我向林大小姐说道说道，求她出手相助？时间紧迫，三日之内若是凑不齐这些药，只怕那位苗族姑娘会有性命之忧。”

“‘救人一命，胜造七级浮屠’，我乃佛门中人，自当尽力。你那未来娘子，是天生菩萨心肠，只怕是比小尼我更要尽力不少。只是杨大公子，你所需的这三味药极其珍贵，药量又要得大，所以我可不敢打包票说一定能凑够呀！”

“我明白。实话说，我们谁不是抱着‘尽人事，看天命’的态度呢？此事无论成功与否，但求于心无憾。”

无瑕闻言不禁重新打量了这公子一番：原先只道他是个纨绔子弟，不过有个秀才功名罢了。如今见他长相不凡，一表人才；又古道热肠，心地磊落。黛玉妹子托付了终身给他，也不枉了。

可是……她一想起林妹妹常向她哭诉的那件事来，便不免替她担忧：这杨冲知道了那件事后，不知会是什么反应……倒不如……

“杨公子，这求药之事，我已明白，会好好向黛玉妹子转达的。你只管回府候着，说是听天由命也好，道是敬候佳音也罢，凡事皆随缘而已。”无瑕话锋一转，忽道，“若是你想在成亲之前，见一见你那貌若天仙的林妹妹嘛……”

杨冲连连作揖道：“无瑕尼师，你饶了我吧。休要再取笑我了！”

谁知无瑕正色道：“不，不是取笑。我替林妹妹，央你三日后‘花朝节会’时相见。”

古时二月十五，乃是花朝节。节日期间，人们结伴到郊外游览赏花，称为“踏青”，姑娘们剪五色彩纸粘在花枝上，称为“赏红”。各地还有“装狮花”、“放花神灯”等风俗，这是纪念百花的生日。

杨冲虽不知道“花朝节会”是什么，但估摸着也就是“元宵灯会”之类的活动，便点头道：“多谢无瑕尼师成全。”

“呵呵，别一口一个尼师的，都把我叫老了。既然你喜欢叫我‘鞶儿’，日后便叫‘鞶儿’吧。”无瑕说完，微红着脸补了一句，“若是还有缘再见的话……”

杨冲一时也没什么话好说，便戴上轻纱帽，就势告辞。无瑕不方便送他，便又摇了摇拨浪鼓，不多时，萼儿便气哼哼地走了进来。

“你这小丫头，还没消气？”无瑕宠溺地瞧着花萼儿。萼儿却又白了杨冲一眼。

“哎……”杨冲苦笑一声，对无瑕作个揖道，“今日所托之事，切勿忘怀。三日，切记。”

无瑕回礼道：“牛公子也是，约定之事切勿忘怀。三日之期，切记。”

萼儿吃了一惊，心想无瑕姑娘怎么和这怪公子约上了？更吃惊的还在后头，她只听得怪公子说道：“那么，鞶儿，我这就告辞了。”无瑕应道：“我不方便相送。萼儿，且代我送牛公子出门吧。”

“鞶儿”？无瑕姑娘什么时候叫“鞶儿”了？这牛公子为何又叫得那么亲热……

她送杨冲到了大堂，还不及细想，只听得小室内鼓声又起，便急忙赶了进去。

“少爷，这丫头原来只是林大小姐的丫鬟，脾气倒是不小。刚才你在里面见林大小姐，她在外面可是把我骂了个狗血淋头呀。”书童杨仲苦着脸凑了过来，附耳说道。

杨冲心内有事，无心交谈。他只想着：为何要我和林黛玉婚前会上一面呢？为了培养感情？没必要啊，古人好像不讲究这个啊……就这么一路想着，他走出铺子，上了马车。

“少爷，咱这就回府了吗？”

直到杨仲这么问了一句，杨冲方才惊醒过来，他想了想，吩咐道：“先不急着回府，今儿个我们去玉符妹子的莫愁观走一遭吧。”

“好嘞！”杨仲一听要去莫愁观，又可以见到袁玉符了，便欢天喜地起来，他乐呵呵地对车夫喊道，“车把式，城东老观，走着！”

九　美人

莫愁湖，古称“横塘”。因其依着石头城，故又称“石城湖”。相传是为了纪念南齐时，一位叫莫愁的少女而命名的。杨冲前世旅游时，有幸去过莫愁湖公园，园内楼、轩、亭、榭错列有致，堤岸垂柳，水种海棠。胜棋楼、郁金堂、水榭、抱月楼、曲径回廊等掩映在山石松竹、花木绿荫之中。好一派江南园林风光！此处被称为“金陵四十八景之首”，实在是名至实归。可这莫愁湖在城西，玉符的道观却在城东，这城东挨着旧皇城啊，叫个“皇觉观”倒好理解，真想不明白为什么要叫莫愁观。他自然不知道，玉符的莫愁观和莫愁少女毫无关系，乃是她豁达乐观、凡事莫愁之意。

相较之下，无瑕所在的掩瑕庵在城南倒是好理解，自古南京有俗语道：“出了南门尽是寺”。南京城南佛业兴旺、香火鼎盛是出了名的。

杨冲主仆自城南城隍庙出发，往城东而去，一路上只闻车外喧嚣热闹。他坐在车厢内，也忍不住挑开车窗挂帘，左顾右盼。上一世读史，全是些王侯将相、绝色美人，好像他们才是历史的主角似的。江山兴衰，历史更迭，仿佛全由他们一手掌控。他如今身临其境，才真正体会到了“人民才是历史的主人”。那些看似毫不起眼的贩夫走卒、平头百姓，他们才是真正书写着历史、建设着历史、主宰着历史的人。

就在他心中暗叹的时候，冷不丁瞧见一块牌坊，上书三个大字——长干里。

长干里？杨冲见到这三个字，精神不由为之一振，这里就是名传千古的长干里？“妾发初覆额，折花门前剧。郎骑竹马来，绕床弄青梅。同居长干里，两小无嫌猜。”长干里随着“谪仙人”所描绘的那“青梅竹马、两小无猜”而名扬后世。却是没有想到此处在明朝就已经如此繁华热闹。其实这完全是他孤陋寡闻。莫说是明朝，这长干里繁华的起点，只怕是要追溯到春秋战国了。

“少爷。”只听得杨仲唤了一声，又道，“我们此番去莫愁观，只怕到时已是晌午了。既然路过了这长干里，倒不如买些酒食带去，和袁姑娘一起吃了午饭倒好。”

杨冲点头道：“倒是不如你想的周到。如此最好，你这就吩咐车把式停车，我们去长干里逛上一逛。”

这长干里最早是渔民们聚集贩鱼所在，后来经历代洗礼，此处已成了南京城最重要的商业街之一。所售之物，也是五花八门，琳琅满目，包罗万象。杨冲直接联想到了前世在上海时的“南京路步行街”了。

走不到几步，杨冲惊奇地发现这里竟然有卖一种叫“冰食”的东西，这东西简直就是古代冰激凌，乃是碎冰混合牛奶、果粒制成的。他只恨不能买了去给玉符尝尝。

其实我国古代，早就有了“冷饮”。宋朝的冷饮发展最快，种类繁多，甚至都出现了“冷饮专卖店”。比如北宋京城汴京有冰店专卖“冰糖冰雪冰元子”，而其“冰镇酸梅汤”更是以风味独特扬名，官民趋之若鹜。又比如南宋京城临安则卖“雪泡豆儿水”、“雪泡梅花酒”等。到了元朝，甚至有了“冰激凌”的雏形。如今大家爱吃的冰激凌原来不是“进口货”，而是我国“出口货”——13世纪，马可　波罗离开我国时，元世祖把冰激凌的制作方法传给了他，并让他带回意大利。

这些且按下不说。既是买吃食，那板鸭与烧酒自是不可少的。又走上几步，见到了一家香料铺。杨冲粗略打了一眼，见有卖孜然，不觉大喜。这孜然是唐时经丝绸之路由西域传入中原的，大明时已是寻常香料。待又买了些旁的调味料后，杨冲又问香料铺主可有辣椒卖，铺主却摇头说连听都没听过。杨仲也说没听说过这种东西，倒是知道有“花椒”，产自川蜀。

这是理所当然的，辣椒在明朝正统年都还未传入我国，这长干里内若是有卖，真是见鬼了。

杨冲打听了几家香料铺都说没辣椒可卖，便只好遗憾作罢。他已突发奇想，想这午餐吃什么？不如学着前世的烤串来吃。所以他吩咐书童去买切好的牛羊肉、鸡腿、鲜蔬、鱼鲜、水果。自己寻了个铁具铺，要买几把木柄长臂铁叉。

他曾想过，道观里是不是不能开荤。道教的确特别强调对于酒、肉及五辛之菜等的禁绝。可道教分为两派，全真一派恪守古训，苦心砺志，不立家室，禁绝荤辛；而正一则允许成家，除斋醮活动期间，一般不禁绝荤辛饮酒，但求心净而已。这些他虽不知道，却知道玉符乃是个冒牌道姑，应该是没什么忌口的。

待他买完了铁叉，提着大包小包的杨仲已寻了过来。杨冲见他不但将自己吩咐的东西均以购妥，还细心地买了两套女装，不由大夸其办事得力。

主仆两人血拼得尽兴之后，这才登车往城东而去。一路上，杨冲见书童不知从哪儿搞来一本相面书看了起来，知道他是为了一会儿和心上人聊天做准备，便知趣地不去打扰，自顾自地欣赏起了窗外风景。

他想起前世那些男同学、男同事们，为了追女孩子会去看星座书、研究宠物、打听八卦。不由暗想：这小书童，倒是无师自通嘛。

到了那莫愁观时，果不其然已是晌午时分。玉符正在熬糠粥，见杨冲主仆来了，先是一阵欢喜，继而又有些自卑起来。她这莫愁观平日没个访客，其实也就是她和那两个孩子的栖身之所，算不得真道观。所以她四下看看，连个坐的地方都没有。还是杨仲机灵，先瞧出端倪，麻利地搬来几块大石头，大家便在大殿里坐了。

“呀，冲哥，六九，我不知道你们今儿要来……”她不好意思地看看大殿的那口大锅里熬着的糠粥，道，“没准备什么酒食，这可如何是好……要不……我现在去买？”

杨冲笑道：“来看我的玉符妹子，怎么好意思空着手呢？就算我肯，我的仲弟也不肯啊！”

“仲弟？”玉符不知此人是谁。

杨冲这才醒悟玉符并不知道六九已经改了名字，于是一拍脑门，说道：“哦，是我糊涂了。昨晚你走之后，我替六九改了个名字，叫‘杨仲’。”

“哦，原来如此。”玉符说着，瞧了那书童一样。

杨仲早就红了脸，又见心上人目光飞来，便忙扭过脸去，道：“少爷，东西还在马车上，我去给车把式些吃食，安顿了他，便将我们买的东西拿进来。”说罢，逃也似的跑了。

玉符见状，有点沮丧地对杨冲说：“冲哥，六九，哦，不对不对，杨仲他好像有点讨厌我呢。每次见了我，不是扭过脸，就是找借口跑开的。”

杨冲只暗笑她年纪小，不懂男女之情，嘴上笑道：“嗯，他自然是讨厌你啊。谁叫你们是‘冤家’呢。”

“冤家？”玉符听得一头雾水，满脸困惑，“我不曾得罪于他呀。”

杨冲故意避而不答，只是说：“符妹，今天我带来了酒肉果蔬、鱼鲜香料，我们三人在这观内空地野炊一餐，你看可好啊？”

“好啊！”玉符露出了少女特有的纯真笑容，但她旋即又狡黠一笑，道，“不过啊，不是三人，是五人。”

这时杨仲已提着大包小包回来了，他扭捏了片刻，在少爷眼神的鼓励下，才将那两套女装递给了玉符，结结巴巴地说道：“袁……袁……袁姑娘，我……这……是我……”他咽了口口水，又道，“是我家少爷送给姑娘你的。”

“想不到你和你家少爷一样，也是个结巴，嘿嘿。”玉符先是取笑这对主仆一番，继而又对杨冲道，“冲哥，你来便来了，你是客人，却自带吃的来，我已经很不好意思了。又送我衣服，这情我可领不起呀！”

“呵呵，这酒肉之情，你领了也不妨。如此一来，我们便算是‘酒肉朋友’了。这赠衣之情嘛……却不是领我的情了。”他佯装正色转对书童道，“你这小子，这衣服明明是你买了来送给玉符妹子的，说好的要从你俸钱里扣的，怎么，想抵赖不成？”

玉符一听是书童买给她的，不由担心起来。她出自大户人家，虽家道中落，却也晓得宅门里下人的辛酸。书童的俸钱本就不多，这两套女装做工精细、用料考究，必然价格不菲，不知杨仲要存多久呢。她想到这里，怎么也不好意思接受了，便对杨仲说道：“若是你买的，那我便不能要了。”

杨仲闻言，大受打击。他没想到是心上人心疼自己，只觉得她看不上自己、嫌弃自己。便面露凄然之色，苦笑道："也对……我只是个书童……袁姑娘瞧不上也是对的。"

玉符一听他这么说，不知怎的心疼得不行，她想赶忙说几句软话，收下衣服。可又觉得这样勉强的样子反而显得更为不妥。她乌溜溜的大眼睛眨了眨，眼珠一转，小嘴一嘟，道："杨仲啊杨仲，你可误会我了。你既然知道我是名门之后，又岂可受嗟来之物？除非呀……"

杨仲一听，立即一把将苦瓜脸抹去，追问道："除非如何？"

"除非呀，你求本姑娘收下。"玉符忍住笑，肃然道。

"好好好，我求你！一百个求你，一千个求你，一万个求你。"杨仲兴高采烈道。

杨冲忍不住调侃书童道："哎呀呀，我的仲弟啊。你这凤求凰，也求得太快了点儿吧。"

杨冲此言一出，玉符顿时明白了刚才他所说的"冤家"之意。

她飞快瞄了杨仲一眼，见他也恰好瞄了过来。四目相交，心中一阵悸动。

杨冲见这两人僵在那里，如果再不说话，都快石化了。所以他轻咳一声道："符妹，你刚才说是五人吃饭。你、我、仲弟，这才三人啊。另两人是谁？哦！难道……难道是那苗族妹子醒了吗！？"杨冲细细一想，又觉不对，"可就算她醒了，也只有四人啊，何来五人？莫不是……你又救了一个人！？"

于是玉符便将避雨进得这破观来，偶然遇见一对孤苦兄妹，便收养他们在这道观中，这一系列的经过，娓娓道来。

杨冲想着玉符真是菩萨心肠啊，只是这菩萨是泥菩萨，尚自顾不暇，却见人便救。这袁玉符，不是道姑，不是鬼妹，不是大小姐，而是真正的"女侠"！侠者，便是夹在正邪之间之人。做事单凭胆量和豪气，与武功、身份、财产，却没有半分关系。

正想着，玉符已从偏殿里领着那对兄妹走了过来。

“告诉哥哥，你叫什么名字呀？”杨冲见那小男孩长得可爱，和蔼地问道。

小男孩怕生，拉着妹妹躲在玉符背后，只探出半个脑袋，怯怯地看着杨冲。

“别怕，这大哥哥是姐姐的朋友，不是坏人。”玉符笑眯眯地对小男孩说道。

“我叫八卦。”小男孩奶声奶气地说道，他见杨冲一听他的名字便大笑起来，便立即推卸责任，“是玉符姐姐给我取的名字。”

杨冲已经笑得不行了，自昨晚“苍井空词牌”事件后，他又一次笑得流出了眼泪，心想这大明若是也有娱乐记者这个行当，那这小八卦倒是第一个该去报名的。

玉符见杨冲狂笑不止，疑惑说道：“‘两仪生四象，四象生八卦’，我给男孩取名叫‘八卦’，女孩取名叫‘两仪’，不是挺好吗？有啥好笑的？”

杨仲虽也是丈二和尚——摸不着头脑，却不及细想，连忙替少爷给玉符赔笑脸道：“袁姑娘，你不知道，我家少爷自从病好了之后，就常常会莫名其妙地发笑。他并无恶意，你切莫介怀啊！”

病好了之后？哦……原来如此。玉符何等聪明，她既已知道殷小君附身杨冲之事，自然明白这“病好了之后”是何意。想来是“八卦”一词，在未来世界另有解释，所以杨冲才会笑成这样，有机会要问问他是何解释。不过当下却是不方便，她只淡然笑道：“你家少爷嘛，一向是结结巴巴，疯疯癫癫，我早就习惯了。”

说了几句闲话之后，五人便各自忙活了一阵，布置一番。不多时，野炊之事已准备妥当。玉符和杨冲主仆三人，坐在三块大石头上。这三块大石头围了个三角形，中间支起一小堆柴火，架着口小锅，煮着青梅酒。又堆了不少煤炭，至于一铁炉内，三人各持一铁叉，叉着吃食，就着炭火烤着。那对小兄妹坐在玉符身边的泥地上，流着口水一眼也不眨地盯着叉上的美食。

“玉符妹子，我有个不情之请，不知当讲不当讲。”杨冲四顾了一番，说道。

“冲哥，你为何这般客套？有什么话，但说无妨。”玉符将烤好的牛肉分到八卦和两仪手里的碗里，然后又串上一只鸡腿，说道。

“我刚从鬼门关里回来。”杨冲打着暗语，“你也知道，除了杨家老小，我唯一的朋友便是你了。昨天你说你住在莫愁观，我以为真是个道观呢。如今来了才知道，妹子你过得清苦不说，还带着两个孩子。”他的视线移到了两个孩子身上，见他们津津有味地吃着牛肉的可爱模样，道，“恕你冲哥冒昧，我想在杨宅里辟出个小院，接你三人去住。你意下如何？”

“这……”玉符心里一动，可最终还是倔强地说道，“我是个粗野惯了的人，怕是坏了你府上规矩。若是冲哥真有美意，小妹还想请你收下这对兄妹。八卦是个男子，我虽胡乱教他些字识，可终非长久之计。求冲哥教他念书罢，来日也好考个功名。两仪是个女子，只望冲哥日后可以替她寻个好人家嫁了。”她自己是庶出，此刻有感而发道，“清白人家便可，宁嫁贫者为妻，莫给达贵做妾啊！”

“这两个孩子自是不必说，我会尽心培养，绝不会怠慢。只是玉符妹子，你非要住在这观里，却是何苦呢？”杨冲劝道。

“是啊，袁姑娘，你就听了少爷的话吧。”杨仲赶忙帮腔。

“姐姐，姐姐，我们不想和你分开。”两个小家伙也可怜巴巴地瞧着玉符。

玉符犹豫了片刻，豁然道：“我虽是小女子，但也明白‘天将降大任于斯人也，必先苦其心志，劳其筋骨，饿其体肤，空乏其身’的道理，冲哥，你一番好意，妹子心领了。可我既胸怀振兴袁门之念，又何惧居于陋室？此处‘无丝竹之乱耳，无案牍之劳形’，我过得自由自在，便不觉清苦。”

杨冲知道，她内心深处是不愿袁门中人寄人篱下，辱没了祖上。于是，他便不再坚持，只是吩咐杨仲道：“仲弟，你明日寻些工匠，替符妹将这莫愁观修缮一番。”

杨仲一听是为心上人做事，欢喜地答应了。

玉符寻思着若再推辞，反而矫情了，于是便谢过杨冲。

“姐姐，若你不去他家，我们也不去。”那对兄妹说着眼泪都下来了。他们放下手里的碗，抱住玉符。

玉符心中情动，也哭了出来。

杨冲见此情景，思考片刻，说道：“符妹，我看这两个小家伙也是知情意的，想来是不会舍妹子而去的。我看倒不如这样，他俩还住你这里，我明日叫仲弟替你寻个教书先生，一并带了来。你且安心，从此这对兄妹的吃穿用度，全包在为兄身上。”

“那自然是再好不过，真不知该如何谢你才好。”玉符感激地看着杨冲道。

“怎么谢我？嗯……是该想想……”杨冲开起玩笑来，“有了，我想起一事，要请教符妹。你要据实相告，权当谢我。”

“何事？”玉符见杨冲笑得奇怪，有些糊涂了。

“曹刘煮酒论英雄，如今我们也是青梅煮酒，却不论英雄，只论美人。”杨冲微笑道，“符妹，仲弟，我今日访‘回春堂’见到一个绝色佳人，你们猜，是谁？”

“呵呵，自然是你没过门的媳妇儿，林黛玉林大小姐了。”玉符笑道。

“对啊，少爷，还能有谁？”杨仲想起了那偏厅小室的拨浪鼓声，心想：能使唤萼儿丫头的，还能有谁？

“哈哈，你们都猜错了。说实在的，我也没想到见到的人竟是她。”杨冲顿一顿，才说，“我见到的，乃是城南掩瑕庵的无瑕尼师。”

“啊？”杨仲之前一直以为少爷在小室内见的是林大小姐，现在一听，竟然见了个尼姑，不由惊叫了一声。

“哦，我知道她是谁。”玉符喝了口酒，道，“当初刚来南京城时，我也曾游历各处。掩瑕庵这地方……总感觉有点奇怪。”

“哦？如何奇怪？”杨冲来了兴致。

“如何奇怪……却是说不上。只是……这掩瑕庵，这无瑕……嗯……却像是……”玉符脑海里浮出一个无比尊贵的头衔来，但转而又觉得这个猜测过于大胆，便摇了摇头，道，“没什么，或许我假扮道士太久了，所以进了佛门地，便觉得不自在了吧。”

“哦，原来如此。”杨冲点点头，又道，“这无瑕尼师倒是漂亮得很呢。对了，玉符，我记得昨晚你说，若论美貌，林大小姐在南京只能屈居第二。那你所说的第一，是否就是这无瑕尼师？”

“可怜餐半虚前席，不问苍生问美人。”玉符将李商隐《贾谊》一诗改头换面，引了两句来。

汉文帝素爱谈鬼神之事，对国家社稷则不思进取，贾谊是当时有名的学士，学识渊博，天地万物无所不通，有一次，汉文帝召见贾谊，不问天下苍生，却问起鬼神之事，而且越听越专注，渐渐情不自禁地向前挪出席子。李商隐作《贾谊》一诗云：“宣室求贤访逐臣，贾生才调更无伦。可怜夜半虚前席，不问苍生问鬼神。”以此来讽刺帝王不重黎民，一心求仙。

杨冲知道玉符这么说，是讽刺他好色，便尴尬地说道：“‘窈窕淑女，君子好逑’嘛。我只问问，也不许吗？”

玉符“嘿嘿”一笑，道：“许呀，我也没说不许呀。不过冲哥，你家娘子确实屈居榜眼不假，可这无瑕美人，却不是状元，而是探花。”

“林大小姐……竟要比那无瑕更美？”杨冲之前在“回春堂”小室内，已觉无瑕美得如同神仙一般了，这林黛玉还要怎么个美法，他实在是想不出来了。但玉符却说，林黛玉的美貌只能排到第二，那这第一真是美得“惊天地、泣鬼神”了。

“袁姑娘，我记得你昨晚对我说，须等我再长大些才能见着这排名第一的美人。”杨仲挠挠头，困惑地问道，“我却想不通，难道年龄小，便见不到；年龄大，便能见到？”

“哈哈哈，你们这对主仆，都是呆子。”玉符俏脸都笑红了，说道，“你们也不想想，什么样的女人，是小男孩见了也没用，大男人却排长龙想见的？”

杨冲终于懂了，他一拍大腿，道：“这排名第一的美人，是个风尘女子！”

玉符笑道：“正是。这排名第一的大美人，其实算不得南京城里的。她的花船泊在哪里，她便是哪里的第一美人。此女花名苏晓晓，该是天地间第一尤物。”

“她就那么美？到哪里都是第一？”杨冲不相信有人可以这么美。

“这我可不知道，我一个女孩子家，上她的花船干什么？”玉符有意取笑他二人，道，“倒是你们这对主仆，不妨去一去。只是这南京城的男子，大半都想去，只怕还轮不到你们呢。”

“我不去。她再美也终究是个妓女，我……我……我明天开始专心替你修观要紧。”杨仲表决心道。

杨冲却心旌荡漾，暗想：他日若有机会，倒要看看这天下第一美人。

五人直吃到酒足饭饱，聊到再无话题，这才收拾了剩余酒食，打扫了火堆。饭后，杨冲主仆由玉符引着，进得瓦房去瞧了瞧那苗族姑娘。见她果然奄奄一息，面如死灰，各自叹了气。杨冲将无瑕所应三日之内会凑齐药材之事细细和玉符说了，玉符也赞无瑕果真是普济众生之人。又说了些嘘寒问暖的话后，两人便向玉符告辞了。

在走出观门的小道上，杨仲频频回顾，玉符也是不断挥手道别。

此情此景，叫杨冲如何能不想“她”？

玉符昨日说“近日有音”，当时欣喜不已。可如今仔细想来，近日是何日，何处得她音啊？想道这里，他悲从中来，一滴眼泪悄然落下。

十 香闺

闺中女儿一般都是自恋的。在她迷恋上一个人之前，先迷恋的是自己。迷恋自己的人，最好的朋友是镜子。有趣的是，最有名的“镜子”却不是镜子，而是一条叫“若耶”的小溪——那个在溪畔浣纱的姑娘的美丽倒影把鱼儿都羞得潜到了水底。“闭月、羞花、沉鱼、落雁”中的“沉鱼”便是出自这个典故。

林黛玉大小姐闺房内的那面铜镜就刻有“若耶”二字，乃其闺中好友无瑕所赠。此镜置在她的梳妆台上，台上一枚小盒内盛着“珍珠粉”，是紫茉莉花籽制成的。还有一盒，是以益母草、石膏粉制成的“玉女桃花粉”。一般来说，和妆粉配套的主要化妆品是胭脂，不过林大小姐有着天生的好脸色，故而台上并没有胭脂。“珍珠粉”盒下有一把木梳——半月形，雕着鱼形图案。

其闺房是三间房子，正房与西房以博古架隔断。西房安放着一张花梨木大书案，案上放着些名人法帖，并五方宝砚。笔筒内插着各色毛笔，如同树林一般。此案乃是林大小姐平日作画之所在。正房居中便是一张贵妃榻，榻桌上放着一鼎小香炉。正房与东房以八扇壁纱橱隔断。东房是林大小姐卧房，有大架木床一张，床幔用上等绸缎制成。

林黛玉和无瑕乃是“手帕交”，结了金兰的。此时，黛玉躺在床上，因这床幔是放下的，使得坐在床边的无瑕看不到她的样子。刚才无瑕已将杨冲前来求药之事尽与黛玉说了，说罢，只听一个带着忧郁的声音从床幔后传来：“如此说来，姐姐是见过那人了？”

“正是。”无瑕笑着说道，“你那杨秀才倒是长得飘逸俊秀，仪表不凡。”

“可别是个绣花枕头才好……”床里那人似羞还喜地轻轻说道。

无瑕有意逗黛玉道：“你那未来夫君可是个秀才公啊。既然有功名在身，如何会是个绣花枕头呢？”

“会做几篇八股文章便算有才学、有见地了吗？有情有义、有才有胆的方是真人杰。”黛玉议论道。

“可你那未来夫君，仗义疏财且不说，却断然不是个科举废材。”无瑕于是便将杨冲点那十六味药之事悉数说了。她又想到了杨冲给自己取的那“鞶儿”之名，不由得面上一红。心想：还好有着床幔遮掩，不然倒要叫她见我这害羞模样。

“我看他不过是个逞口舌之快的油滑之徒罢了。”

无暇虽见不到黛玉的表情，可她却分明从这贬言之中，听得满满褒赞之情。

“反正是你未来夫君，你爱怎么‘糟蹋’都行。”无瑕淡然一笑，道。

“瞧你，还是个出家人呢，怎能如此没个正经的，你不羞，我都替你臊得慌呢！”床幔轻轻荡了一下，黛玉娇嗔道。

“那好，我们就说正经的。我替你约了他在‘花朝节’那天会上一面，我想你到时不如直接将那‘旧事’与他说了。”

无瑕虽然说得平平静静、平平淡淡，可此话一出，床幔便大幅度地荡了几下。只听得黛玉用哀怨的声音说道：“如此也好，虽说那件事并非我的过错，但他毕竟是读着程朱理学长大的，他……会不会……”又是轻声一叹，“也罢，前番还礼之中，我已夹了一方小帕，看来他是未领其意。若他……若他因……因那件……那件‘旧事’嫌我，我也只憾他与寻常男子无异。”

“他若是个浊世翩翩佳公子，真因那桩‘旧事’赔了这门亲事，岂不令人惋惜？”无瑕说着，想拉开床幔，当面安抚黛玉几句。可她的手刚刚触及床幔，便听闻床幔后传来一阵抽泣之声。

“若真是如此，我又有什么法子呢？”黛玉哽咽道，“只盼他真是与众不同，不计较那‘旧事’。可……”她叹道，“我有那份福运吗？”

无瑕犹豫片刻，还是将手收了回来。她叹道：“林妹妹，你我姐妹，皆是‘心比天高，命比纸薄’啊。可你虽身遭不幸，然在旁人眼里，你依然是在闺中待嫁的千金小姐。而我呢？我不过是个要伴着青灯枯坐至死的尼姑罢了。”

“无瑕姐姐，与你相比，我的不幸，又算得了什么？”黛玉知道无瑕也触动了伤心秘事，稳了稳情绪道，“你我都救过对方一命，又结了金兰。自那一天，我们之间便没有秘密。我的秘事，只算得‘家丑’。而你那秘事，却是‘国仇’。只是我们这些小女儿的辛酸秘事，如何向外人道？只好互相倾诉，互相宽慰而已了。”

黛玉说她们两人“救过对方一命”，其中颇有渊源。原来两年前有一日，无瑕患了恶疾，此病来势凶险，性命堪忧。若想治愈，需将无瑕脱至裸身泡着药澡，配以医者施针。满城会医术的女子中，唯林黛玉医术最高，其金针手法得父亲真传。连施了五日针后，无瑕果然逃过一死。一年之前有一日，无瑕正在掩瑕庵外散步，突见一女子失魂落魄而来，竟然是林大小姐，不由大惊。带回庵里调养了一番后，无瑕问及黛玉为何这般模样，又听完黛玉哭诉，耐心开导。如若不是当初无瑕稳住了黛玉，恐怕林妹妹不是要出家，便是要寻死了。

“今儿是怎么了？何必如此伤感的。”无瑕的情绪没有太大的变化，“也是了，我已心如止水，却不像你还会春潮涌动，多愁善感。”

“哪个春潮涌动了！？”黛玉破涕为笑，连忙转移话题，“反正那花朝之约，也在三日后。待他听过‘旧事’，如何抉择，我现在想不到也不愿去想。而他求药之事，却真真是人命关天，不容片刻耽误的。所幸我爹爹最重人命，若是能救人一命，莫管是谁，他都定然会尽力奔走。只是那秀才所求药量太大，我怕就算爹爹出手，也难以在短短三日之内凑齐呀……”

“林妹妹，你预备如何告知你爹爹此事呢？若是据实相告，只怕那秀才的苦心，都白费了去。他日若你两家真结为一家，他这新婚姑爷倒已欠了老泰山人情，叫他如何是好啊？若是不据实相告嘛……你这深闺小姐，最近几日连铺上都托病不去了，如何会和苗疆女子扯上关系？”

黛玉倒是没细想过此事，被无瑕这么一提醒，才道：“无瑕姐姐，你最是聪明。你既已想到了这一层，想必早已有了解决之道。不妨教给妹妹我，也好叫我少费些脑筋。”

“你这懒丫头。”无瑕笑道，“办法自然是有，而且照我这办法，三日之内，必定能凑齐那三味药来，别愁凑不齐，只担心太多了。只不过……一来，需要你编个谎话，欺瞒你爹爹。二来呢，要委屈了你的葶儿丫头。这三来嘛……须你林家舍得一件宝贝。”

“什么宝贝？”黛玉口中虽问，心中却已猜到了八九分。

无瑕先将那计划对黛玉仔细说了。然后问道：“若是照着这个法子，你觉得那宝贝，该是什么？”

“你是说……那‘驻颜丹’的独家秘方吗？”

“驻颜丹”有延缓容颜衰老的作用，其配方乃是林家祖传的秘方，一向被视为“回春堂”的镇店之宝。市场销量极大，常常是供不应求。林黛玉心里虽是十二分地想救那素未谋面的苗疆女子，可……这代价也太大了……就是她肯，爹爹如何会肯？这可是对不起列祖列宗啊！

“傻妹子，姐姐既然知道这‘驻颜丹’秘方乃是你林家的命根子，又怎么会糊涂到要你们拱手送人呢？”无瑕见这林妹妹误会了，便“如此这般”地点拨了她一番。

黛玉听她说完，不禁赞道：“姐姐聪明绝顶，真乃女中诸葛啊！”

“你赞我聪明，我自然欢喜。可我带发修行，青丝未断，你却为何冤枉我‘绝顶’呀？”

听无瑕玩笑开得巧妙，黛玉“扑哧”笑了出来。这无瑕总喜欢逗黛玉开心，可她自己却鲜有笑容。好像她心头有很多很多忧愁，才下了心头，又上了眉头，所以她总颦眉不展。

“是了是了，‘青丝’未断便是‘情丝’未断。看来你这俏尼姑，还没能六根清净、弃离红尘俗世呢！”黛玉给予还击。

“我？”无瑕仿佛对黛玉说话，又仿佛自言自语，“我……自然还未放下。如同你刚才所说，我所忧者，乃是‘国仇’。我所恨者，实为‘国贼’！‘普天之下，莫非王土’，从那一草一木到一城一池，事无巨细，都是我的恨，都是我的愁，我……我如何放下！？”无瑕异常激动起来，这实在罕见，“只恐这大明万里河山，全都载着我的愁，却又载不动我的愁。”

“姐姐，你还在用着‘袭人’的名号作画吗？”床幔后传来了黛玉忧虑的声音。

“嗯，还在用。”无瑕明白黛玉话外之音，便宽慰道，“妹妹莫替我担心，姐姐如今隐在这佛门之中，我的字画，不过是孤芳自赏。至多，再加上一个绝不会出卖我的你罢了。”她说到此处，猛然想到了之前杨冲盯着那“袭人”两字看了半晌，隐约担忧想着：他果真是什么都没瞧出来吗？

“我自然是绝不会出卖姐姐的。”黛玉的声音十分坚定，又道，“姐姐，既然刚才你要我筹药之事，我已允了，那么，你可否为妹妹做件事呢？”

“咦？你这狡猾的小妮子，明明是你想替未来夫君办事，未来夫君又恰来求你筹药。我呢，不过是你们这对小夫妻间一个跑腿传信的，你林大小姐不给尼姑我赏钱也倒罢了，却赖我欠了你人情债，立即要我还你。你呀，真是大药商的千金，算盘打得我都能听出声儿了。”无瑕又开黛玉玩笑。

“姐姐……”黛玉撒娇道。

“好好好，我只有你一个好姐妹，要我干什么，你只管说吧。”

“我……我想……”黛玉想到所托之事，颇为尴尬，所以支支吾吾，不敢开口。

无瑕故意说道：“你再磨磨蹭蹭，我可没耐性等了。别到我告辞之后，你才后悔，却是晚了。”

被她这么一催，黛玉只好硬着头皮开口道：“姐姐，我想求你女扮男装，明日黄昏，替我去一趟秦淮河畔苏晓晓的花船。你只需说是‘林府派来送信的’；她的侍婢自会给你安排。”

“苏晓晓？那个江南名妓？”无瑕暗暗吃了一惊，心想林大小姐怎会和这个风月尤物扯上关系。

“姐姐不知，上月我尚未染病时，恰逢‘普济厅’的吴老板之母七十大寿。吴老板与我爹爹交厚，我便做幅山水图赠他母亲。这吴老板也是个流连风月场所之人，对那苏晓晓的美色早就垂涎，如今那尤物就在南京城里，他怎会不去求欢？也怪他惹是生非，竟在苏晓晓面前夸起我的画技来。又夸我琴棋书画，样样精通。此事本也与我无关，不过是个好事之人的些许浪言而已。可十天前，苏大美人派侍婢送了封信给我，说是请我上她花船，以那‘琴棋书画’四样，与她比个高下。我一时迷了心窍，竟然答应了。你也知道，我这才大病初愈，身子还弱得很，若是明日勉强前去，恐怕也不是对手。姐姐你这四门造诣皆在我之上，故而求姐姐替我应战。”

听得黛玉将这来龙去脉说得明白，无瑕也动了争斗之念。她心想：这黛玉妹妹“琴棋书画”四门，造诣与我在伯仲之间。那苏晓晓向来以“色艺双绝”闻名，论美色，林妹妹排第二，她排第一。如今她一听林妹妹才艺出众，便立刻上门挑战，岂不是欺人太甚？倒不如替林妹妹前去应战，一来瞧瞧这第一美人，到底是怎么个美法。二来嘛……我对这四门造诣，也颇有自信，与她赛上一赛，却又何妨？想到这里，无瑕便自信地回答：“既然妹妹身子不便，我这做姐姐当然要替你去夺胜啊！”

苏晓晓……明日黄昏，我无瑕倒要看看你是否真的“色艺双绝”！

十一 少侠

不说黛玉和无瑕这对闺中好友诉说女儿心事，却说那杨冲带着书童出了莫愁观，回乌衣巷杨家老宅而去。

马车路过一片小树林时，杨仲恰好挑起车帘朝外看去，见那片树林郁郁葱葱，繁杂茂盛，可偏似有股煞气在林中暗涌。他不禁自顾自道："难怪袁姑娘救下的那苗族女子是倒在这树林中的，端的是个险恶去处。"

正这么想着，只见那林子稍深处，隐约有什么东西正在移动。那东西移动的速度很快，白乎乎的一团。杨仲定睛一看，这"东西"竟然是个人，不由"啊"的一声叫了出来。

杨冲正在闭目养神，只听得书童叫得古怪，便问道："仲弟，你怎么了？什么事引得你大呼小叫的。"

"少爷你快看，那人……那人走得好快，都快和咱马车一样快了。"杨仲还是看着窗外，此刻已经确定了那果然是个人，还是个身着白衣、书生模样之人。

被他这么一说，杨冲立即来了兴致。他前世最是爱看武侠小说，"金古黄粱温"，无一不读。武侠小说之中，自然不乏轻功描写——什么"铁掌水上漂"啊，什么"踏雪无痕"啊。

他原本只当是小说家的杜撰，如今可亲眼见到，自然不想错过。他和书童一起挤在车窗边，顺着书童指的方向瞧去。

只见那白衣书生果然好生厉害，怎见得？此刻马车虽不在疾驰，可速度也比常人奔跑快上许多。那书生只凭两腿在树林中飞奔，速度和马车相比竟丝毫不逊。

说来中国武术中的所谓“轻功”，并非子虚乌有。虽然没有武侠小说里描写得那么夸张，可由于习武之人日日打熬身体，勤修内功，又配合了特别的步伐（可以理解为一种武术套路），所以他们的行动比普通人快速、敏捷，瞬间爆发力极强。故而会形成一种可以“飞檐走壁”的错觉。其实说穿了，不过就是更高级、更原始、更系统的“跑酷”罢了。

“这书生好厉害！”杨冲看在眼里，羡慕嫉妒恨啊。他转念一想——何不唤这书生上车同坐？倒可以好好讨教一番武功学问。便对那书生喊道：“书生！书生！要不要上我的马车送你一程啊！”

杨仲一听，想到万一少爷出了什么事儿，老夫人非杀了自己不可，便连忙阻止道：“少爷，我见此人武艺高强，万一是个歹人……依小的之见，多一事不如少一事，咱就自顾自回去吧，别惹了是非才好。”

杨冲把手一挥，说道：“怕什么，我看此人一番书生打扮，想来也不是个绿林中人。说不定还是个读书人呢。就是会那么两下子而已嘛，仲弟，你可得明白，这武术本是为了强身健体，无好坏之分的。只是好人用来助人、救人，歹人才用来害人、伤人。你别瞧见人家会武术就觉得是个‘是非’，人好不好和会不会武术无关，只取决于其内心善恶。”他见书童还要说话，又道，“我也知道你是为我担忧，一片好意。可这书生若不是个歹人，你岂不是阻我结识一位豪杰？”

“好吧，不过少爷还是要小心啊。”杨仲还是不放心，“少爷放心，若他到时真要对少爷不利，我必然会舍了性命保护您的。”

杨仲又说了些宽心的话，这才又转向窗外，却见这番对话之后，那书生已经在离开马车不远处了。他脚下生风，和马车保持平行，杨冲这才看清了他的脸。十七八岁年纪，好一个英武不凡的俊俏书生！那书生也用询问的眼神看着杨冲，问道：“刚才兄台是唤我来同坐马车？”

“这位兄台，在下姓杨名冲，是这南京城里的一介秀才。我见兄台身怀绝世武功，想来必定不是个寻常人物，故而厚着脸皮，想结交兄台。”

“杨公子，您太客气了，真是折杀小弟了。”那白衣书生边飞奔边说话，非常轻松，一点儿都没有气喘吁吁的样子，“小弟姓胡名古月，来自京城，也是个秀才。绝世武功怎敢当，不过是在伏牛山上学了些皮毛罢了。能和杨公子相识，已是在下之幸，怎敢上车讨饶。”

那时，四川的峨眉山、山西的五台山和河南的伏牛山，是武学三大山。胡古月既然拜师伏牛山，想必是武艺精湛了。

“哎，胡兄此言差矣。君不闻古来兄弟之谊，‘大被同眠’也。如今愚弟不过是请兄上我这小小马车一叙，又有什么打紧的。兄既也是个饱读诗书之人，我看不是讨饶，反倒是添趣呢。”杨冲笑道。

胡古月想了想，若再推辞，反显得“拒人于千里之外”了。于是便道：“既如此，在下就恭敬不如从命了。”

待古月上得车来，三人各自坐定，杨冲向他介绍过书童杨仲后，便好奇问道：“胡兄，我常闻习武之人行侠仗义。这大侠……不都腰间佩剑吗？胡兄为何不配剑呢？”

杨冲之所以觉得胡古月的兵刃一定是剑，不是随便胡猜的。只因为“剑”是所有兵刃之中君子气、书卷气最重的。古代的武学之中，蕴含的人文精神和文化符号，决定了像胡古月这样的读书人，就算练武，所持兵刃也必然是剑。

“呵呵，杨兄，在下虽不敢说‘十八般兵器，样样精通’，可每一样也还算使得像模像样。不过呢……小弟最不爱配兵刃。一来兵刃乃是凶器，我们是圣人门生，整日傍着凶器，总是不好。二来呢，小弟我最拿得出手的功夫，乃是点穴之功，故而兵刃之物，便是不太需要了。”

明朝的武术，各种传统文化相继渗入其中，早就超出了宋时所定“十八般兵器”的范畴。例如万历年间的《易筋经》就是释、道文化中气功导引术和武术功法相结合的产物。而这胡古月所说的“点穴术”，属内家拳，是中国医学经络学说和武术技法的结合。

听到“点穴”二字，杨冲想起了前世看过的热播喜剧《武林外传》里白展堂的绝招“葵花点穴手”来，又想到了被他点穴后，佟湘玉等一众人的滑稽模样，不由心中暗笑。但他面上还是忍住笑意，说道：“原来胡兄武功如此高深，却又有功名在身，真真是文武全才了。”

杨冲又恭维了几句，胡古月再三说着“不敢当”后，古月突然问道：“杨兄，小弟想向你打听个去处。这南京城里，有个叫掩瑕庵的，兄台可知道？”

“掩瑕庵……我倒是知道。”杨冲听他这么一问，脑海里立刻浮现出无瑕大美人来，他想了想，问道，“金陵城南佛业鼎盛，三大寺——灵谷寺、天界寺、大报恩寺更是远近闻名。胡兄若是信佛之人，为何偏要去那名不见经传的掩瑕庵呢？”

“小弟……呃……小弟去那掩瑕庵，是有些……有些……

私事要办。”古月随口支吾着。

杨仲一直对古月存在戒心，此刻听他打探掩瑕庵所在，不由讥道：“那庵里有个叫无瑕的俏尼姑。少爷见了也说是貌若天仙的。这位胡公子，你该不会是去寻那无瑕美人的吧！”

古月眸子里寒光一闪，厉声问道：“你怎么知道的！？”

杨冲见古月动怒，先是一疑，心想书童不过是随口调笑一句，何至于如此动怒。可当下最重要的还是快打圆场，于是他训斥书童道：“你这小子，太不懂事了。胡兄乃是饱读诗书之人，怎会对个出家尼姑心存歪念？快些向胡公子赔礼道歉，否则莫说是他，我先不饶你。”

杨仲不敢违背少爷的话，便向古月作揖道歉。

古月听这对主仆言语之中，将他想成个好色之徒，访庵寻人只是因为垂涎美色，不但不恼，反而消了怒气，道：“唉，两位，是小弟一时气血上涌，发了无名之火。其实杨仲兄弟说得不错，在下的确是专门去寻那无瑕尼姑的。如今这车厢里都是男人，小弟也不说假话。我自前年见过那无瑕一次之后，便被这美人勾去了三魂六魄，日日夜夜只想着她。可这美人偏偏是只见女客，我……唉……好生苦闷啊！”

“原来如此。”杨冲想了想，又道，“胡兄，所谓‘窈窕淑女，君子好逑’，本是桩美事。我也算和这无瑕尼师有些相识。可是……她毕竟是个出家人，不知胡兄此番拜访她，是想……”

“哦，杨兄，我只求美人一见，绝不敢孟浪。我也知道，她是方外之人，我和她今生是有缘无分了，唯求见上一面，解了相思之苦便是。杨兄若是能引见，小弟日后自会好好报答。”

杨冲脑子突然晃过了上午在“回春堂”偏厅小室里，他看画时，无瑕那副古怪的紧张脸色，想来这无瑕身上一定埋着个秘密。而现在，在这马车车厢之内，胡古月看似一脸诚恳地在苦苦哀求，可杨冲瞧得出来，这人心里一定也藏着些秘密。一个有秘密的人，非要见另一个有秘密的人，其中缘由一定秘密得很，绝不是胡古月说的爱慕美色那么简单。可……那个秘密会是什么呢？想从胡古月嘴里问出来，显然是不可能的。这靠猜嘛，杨冲忽而想到了“袭人”二字。袭人……对，就是袭人，无瑕就是在我看到这个字号的时候脸色大变的。袭人……袭人……究竟和这个秘密有没有关系呢……

“杨兄，万望成全小弟啊！”

被胡古月这么一催，杨冲好不容易建立起了的思路便断了，他只好应道：“那好吧。不过我只敢说尽力安排，若是不成功，胡兄可千万不要责怪啊！”

“那是自然，小弟已经感激不尽了。杨兄，这城里有个叫‘风满楼’的大客栈，你有了消息，便去那处寻我。”

杨冲本想邀胡古月在家里住下的，听他这么一说，便就势说道：“胡兄既然已经有了住处，那我们就先送你去那‘风满楼’吧。”他又道，“若是日后胡兄得便，可以来乌衣巷杨家老宅找我。”

三人又说了会儿闲话，一直到马车在“风满楼”门口停下，那胡古月道了谢后，便下车去了。马车继而往乌衣巷驶去。

“少爷，这位胡公子来路不正，我瞧着他肯定有古怪。”胡古月一下车，杨仲便急忙提醒少爷。

“哦？你倒说说，有何古怪啊？”杨冲故意问道。

“他嘴上说的和心里想的，并不一样。他嘴上说是爱慕无瑕尼师美色，才去掩瑕庵寻人的。可……小的总觉得，他心里另外打着算盘。不过小的对无瑕尼师根本就不了解，所以也猜不透胡公子为何要去找她。”

“嗯，仲弟，不瞒你说，我的想法正和你不谋而合。”杨冲皱眉道，“这胡古月是个文武全才，看他举止谈吐，该是个世家公子。可一个世家公子，为何要来咱们南京城找一个尼姑呢？难道仅仅是因为贪慕美色？我想，他一定有着一个不可告人的秘密，而且，他的身份绝对不是他所说的那么简单。”

“那么……少爷，既然此人如此可疑，您不如就不要安排他和无瑕见面吧。”

“不，仲弟。这胡古月虽然疑点颇多，却该是个正人君子。”杨冲停下来，理了一遍思路，才道，“你想，他身怀高深武艺，轻功、点穴，说不定还会别的功夫。这样的一个人，如果真的心存歹念，大可以翻墙跳进那尼姑庵里，要对付个手无缚鸡之力的尼姑，不是轻而易举吗？可他却坚守君子之道，即使是胡乱找了个借口，也不过是为了堂堂正正地和无瑕相见。我瞧得出来，他言语、神情中对无瑕流露出来的，乃是敬重之情。要说爱慕之情嘛……倒也真有一些。所以呢……仲弟，你说反了。我这一次，得好好安排他俩见个面。因为我也很想知道，无瑕和他之间的秘密，究竟是什么？”

两人一路再也无话，各自揣着心思，琢磨着那个不为人知的秘密。一直回到了杨家老宅，杨冲先问过门子，得知老夫人早就回来了，还抱怨着今天没见到无瑕尼师。于是对书童道：“仲弟，你先去书房等着，我去内苑给老夫人请个安，回来自有惊喜要送给你。”

杨仲被他这么一说，才想起了早上出门时少爷所说的话来。惊喜？会是什么惊喜？难道还有什么比有了个正经名字更大的惊喜吗？杨仲就这么想着，一直在书房里等到了少爷回来。少爷手里拿着一张纸，面露喜色。

“仲弟，惊喜这就来了。”杨冲将那张纸在书童面前晃了晃，道，“这张纸，便是你的卖身契了。我特意问老夫人要来了。”

杨仲不知道少爷要来卖身契有什么可喜的，他只是眼巴巴地看着少爷，等着他揭开谜底。

只见杨冲点上一盏油灯，然后将卖身契在火舌上点着了，烧成了一团灰。他才说道：“仲弟，我将你的卖身契烧了，从此之后你就是自由身了。我想着日后你可以和我一同读书，来日也好考个功名。或者你有别的打算也行。总之，你不再是个下人，可以去追求自己的人生了。”

“少爷！”杨仲声泪俱下，跪在地上不住磕头，“少爷就是我的再生父母，这大恩大德，小人终生不忘。不过小人舍不得少爷，就算您烧了卖身契，我也誓死追随少爷左右，绝不相离！”

“哦……那倒是不错。可是，你誓死追随我左右，玉符妹子可就要追随别人左右了呀。”杨冲知道自己苦言相劝是没用的，便故意用杨仲的心上人激他。

“小的……呃……小的还是追随少爷。可……袁姑娘……这个……那个……我……”杨仲抓耳挠腮，脸都急红了。

“来，仲弟，你先起来。”杨冲将杨仲扶起来，道，“我看这样吧，你若是还愿意做我的书童呢，那就再做一段时间。哪天你有了旁的打算，只管告诉我不妨。”

“是，小的记下了。”杨仲感激道。

“对了，仲弟，晚上还要麻烦你辛苦一趟。”杨仲轻叩着桌子想了一会儿，说道，“你备份厚礼，替我送到‘风满楼’给那胡古月去。”

“少爷，不是小的多话。您似乎对这位胡公子，太照顾了些。”

“嗯……你不懂，我自有我的道理。”杨冲心里的算盘不能对杨仲明说：这胡古月武功和来头都不寻常，不是个等闲之辈，如果和此人搞好关系，说不定可以利用他去寻找那个“她”。自己来这大明朝不就是为了找“她”嘛，决不能放过任何一个可以利用的机会。一定要找到“她”！

十二 对弈

二月十三，酉时三刻。月上柳梢头，人约黄昏后。

无瑕用过晚斋，便换上一身男装，白衣小帽，骑着青骢骏马来到了秦淮河畔，替林黛玉赴那苏晓晓之约。

秦淮河两岸酒家林立，浓酒笙歌，无数商船昼夜往来河上，许多歌女寄身其中，一派“富贾云集，青楼林立，画舫凌波”之景。自明太祖下令元宵节时在河上燃放小灯万盏后，这秦淮两岸，华灯灿烂，金粉楼台，鳞次栉比，世人谓之“灯彩甲天下”。

众船里最大、装饰得最华丽的那艘，可谓艳帜高张，绸缎上绣着三个秀丽大字——“同心舫”。这，便是江南第一名妓苏晓晓的花船了。

“同心舫……”无瑕拴好了骏马，仰头便瞧见这招摇过市的艳帜。她默默读了三遍，细细品味，暗想：昔日南齐时，钱塘第一名妓苏小小做《同心歌》曰：“妾乘油壁车，郎跨青骢马，何处结同心，西陵松柏下。”如今我这女扮男装的“郎君”骑着青骢马而来，“小小”却成了“晓晓”，可这“同心”之愿倒是未变。或许，无论怎样的沧海桑田、海枯石烂，女子们永不磨灭的，就是与如意郎君永结同心的愿望。

她徐行至“同心舫”停泊的码头上，早有一粉一翠两名侍婢在那儿候着了。

“公子，苏姑娘今夜约了相识，吩咐下来说是不接客了。”那粉衣侍婢朝无瑕福了一福，道。

无瑕作揖回敬，却并未粗着嗓子学男声，仍用她那轻柔声音说道：“小生乃是林府派来送信的，还望姐姐向苏姑娘通报一声。”

两个侍婢闻言交换了个眼色，那翠衣侍婢问道：“是‘回春堂’的林家吗？”

“正是。”

“那便对了。”翠衣侍婢意味深长地一笑，道，“公子请随我来，苏姑娘等候您多时了。”

无瑕道一声“有劳姐姐了”，便跟着那翠衣侍婢，由粉衣侍婢搀扶着上了花船。舱门开在南墙上，进得船舱内，只见这船舱分为内外二室，以一琉璃屏风隔开。外室为苏晓晓的会客厅，靠着屏风摆下一案，上置瑶琴。东西两侧对应放着两套桌椅，东桌上是围棋棋盘，西桌上是一套茶具。棋是美玉棋，壶是紫砂壶。苏晓晓众芳客中不乏风流才子，故而舱内颇多雕刻、字画、题诗。这小小画舫内，是琴棋书画，一应俱全。光瞧这架势，传闻中苏晓晓“色艺双绝”中的“艺绝”，看来所言非虚。

“林大小姐，我可算是把你等来了。”这一声，如同黄莺出谷。

无瑕正在欣赏一幅仕女图，只听得屏风后传来这么一声，便立刻意识到：我就要见到如今在这南京城里的第一美人苏晓晓了。无瑕虽是个女子，可和绝大多数男子一样，也盼着能一睹苏姑娘之芳容。只因为在民间的美女排行榜上，苏晓晓是第一，林黛玉是第二，她无瑕，只是第三。要说排在林大小姐之后，无瑕心服口服，她是见过林妹妹那“倾国倾城貌”的。可由于从没见过苏晓晓的长相，所以她一直对此人霸着第一的位置，心存不服。如今只需转过头去，便可亲眼瞧见苏姑娘了，无瑕却反倒紧张起来，不敢回头了。

又是那铃铃盈耳的声音：“此画名曰《调琴啜茗图》，是唐人周昉之作。我在杭州时，一巨贾听我抚了三日琴，将此画赠给了我。”

无瑕能感到身后苏晓晓正越走越近。只听脚步声，苏晓晓该是体态轻盈之人。光听说话声，又猜想苏晓晓的年纪也不过双十年华。无瑕好不容易才转过身去，虽着男装，却不再掩饰，故而作福报了身份：“小尼乃城南掩瑕庵无瑕，今日乃是受友人林黛玉之托，替她前来与苏姑娘相会的。”

“哦？呵呵，我这花船上，今晚‘榜眼’没来，倒是来了个‘探花郎’。”一阵笑声，余音袅袅。

方才无瑕借着作福故意低下头去，她那时还没做好见第一美人的准备。现在听到苏晓晓话里有话——这“探花郎”一词一语双关，不仅将苏美人自己比作了花，更暗示了美人榜上的排名——无瑕便骤然提起一股气，抬起头来，准备把这苏晓晓端详个仔细。

这苏晓晓穿着烟霞色绡纱金边绣花儒裙，散花软烟长罩衣，看她身材苗条、体格风骚，站在那里，便是“亭亭玉立”的最好注解。由于裹了足，那对三寸金莲走起路来，使腰肢扭动，风姿绰约。可要单论长相，苏美人却和无瑕美人是大大不同的两种风格。她天生一张狐媚子脸，又后天添上许多媚态，故而宜喜宜嗔，说是“回头一笑百媚生”，算是说轻了她那颠倒众生的魅力。

林黛玉、无瑕、苏晓晓三人都是绝色，可绝色如同百花，各有各的美法。要论怎么个美法，皮囊色相倒还可眼观。最难相较是气质，只可意会，却难言传。黛玉是大家闺秀，美在一个“淑”字；无瑕是“谪仙”，美在一个“飘”字。而这苏晓晓，实实在在是个“尤物”了，其美，却不是一个“骚”字可道尽的。

无瑕见眼前的女子，那双媚眼含笑、似醉、带梦，莫说是男子，就是她这女子见了，也心中一荡。

“若解多情寻晓晓，花柳深处是苏家”。难怪，难怪……难怪苏晓晓名声那么大，难怪都说她是第一美人！见了苏晓晓才知道，原来真有一个人，可以美到山水、草木、芸芸众生，都不过是她的陪衬。她，才是天地景色中，唯一的亮点。

“东儿，去沏壶龙井茶来。西儿，你去将准备好的东西端过来。”

随着苏晓晓的指挥，粉衣侍婢沏了茶。而翠衣侍婢则端来了一个托盘，盘上放着四块木牌。木牌上分别写着“琴”、“棋”、“书”、“画”四个字。苏晓晓先让无瑕坐了，方才落座，指着那四块木牌道：“我前阵子听‘普济厅’吴老板说起林家大小姐‘琴棋书画，样样精通’，一时技痒，便腆着脸修书一封，邀她今日前来切磋的。这林大小姐却为何……”她止住声，瞧向无瑕。

无瑕道：“林大小姐前几日大病一场，这几日方才好些。她身子还虚弱得很，我见她这般模样，窃想得自己这四艺也算过得去，便不知天高地厚，替林妹妹来赴今日之约了。”

“如此说来，倒是少闻无瑕尼师也爱这四艺。”苏晓晓看似漫不经心地把这句一带而过，然后又说，“这四块木牌上，分别写着四艺。我寻思着，尼师你远来是客，你选了什么，我们便切磋什么，你看可好呀？”

无瑕听对方言语中满是轻慢之意，她怒意稍起，却立即克制住了，只是平静回敬道：“苏姑娘，这花船乃是你营生之所。我自当客随主便就是了。”

苏晓晓捏着茶杯的手先是一紧，脸色微变却稍纵即逝，她想了想，道：“你推我让的，只怕到明天都决定不了。既然如此，我看不如这样吧。”她说着，将托盘架于两腿上，转过身去摆弄了一番后，再将托盘放回桌子上时，那四块木牌有字的一面都被翻了过去。她道，“尼师，这四块牌子顺序是我摆的，你来翻。翻到哪块，我们就切磋哪块上的内容。如此一来，但凭天意，岂不妙哉？”

“如此最好。”无瑕也觉得这个法子好，便点头允了。

待无瑕翻完牌子，两人见是个“棋”字，都心中暗喜。一来是因为此二人在这四艺之中，都最精通对弈之术。二来这四艺中唯一能直接一较高下的，便是围棋了。苏晓晓道无瑕是客，让了黑子给她。黑子先行，无瑕走第一步，便是抢占了“天元”。

无瑕走棋，稳扎稳打，多使“尖”、“长”、“立”，颇善“做眼”，总体来说，小处争斗多。而苏晓晓为夺先手，以“跳”、“飞”、“挂”抢占要点，布置阵势，渐渐将局面代入了中盘。中盘的争斗尤为激烈，苏晓晓靠“挤”、“断”、“逼”等连续招法，使自己的棋子不断有生根之地，咄咄逼人。而无瑕以退为进，靠着“拆”、“点”、“跨”等招数相对，见招拆招，步步为营。待到收官阶段，无瑕已经建立了不小的优势。可就在此时，无瑕却突然犯下大错，被苏晓晓关住一条长龙，导致满盘皆输。

“苏姑娘好手段，是小尼输了。”无瑕说着，将手中余子都倒回棋钵，投子认输。

苏晓晓虽然赢了，可心里并不满意。只因她瞧得清楚，无瑕原本稳操胜券，却故意示弱，输了此局。于是便冷笑道：“是尼师好手段，叫小女子赢了。我赢得不侥幸，因为连我的‘赢’，也在你计算之中。真是可悲可笑，我处处争强，于是便输了。你步步示弱，却反倒会赢。只是……尼师，你何苦要示弱呢？”

无瑕见苏晓晓看穿了自己的伎俩，便只能摆手道：“苏姑娘你才貌双全，棋艺精湛。并非小尼示弱，而是姑娘你确实棋高一着啊！”

苏晓晓脸上笑着，嘴上却叹气道：“其实你不说，我也知道你为何要处处示弱。因为这早已成了你的习惯。”

无瑕听她这么一说，又见她脸上挂着神秘的微笑，不禁心头一紧，却没有说话。

那苏晓晓也不说话，只是逼视无瑕。

“苏姑娘何出此言啊？小尼……小尼不明白。”无瑕忍不住先开了口。

苏晓晓吩咐侍婢退下，才轻声道：“你不明白？我看你明白得很。你一辈子都在藏、在躲。藏你的美貌、藏你的才华，因为你的身世，打从一出生你就命中注定是个逃犯。”

“你……你……你究竟是什么人！？”无瑕又惊又怕，声音颤得不行。

“我是什么人？呵呵，我不过是个‘有心人’。所谓‘皇天不负有心人’，我本打算攀上林大小姐这条线，顺藤摸瓜接触到你。却没想到，你今儿个是自己送上门来了。不过，我是什么人并不重要。重要的是，你是什么人？”

“我……”无瑕咬着嘴唇，说不出话来。

“你不是自称‘袭人’嘛，何谓‘袭人’？龙衣人也。话都说到这个份儿上了，尼师，您还需要小女子再说下去吗？”就和方才下棋时一样，苏晓晓咄咄逼人。

而无瑕此番却不是以退为进、故意示弱了，她是真的慌了神：我的身世，是天底下最见不得光的秘密。我与这苏晓晓素未谋面，她为何会知道？不，不，更奇怪的是，她为什么想要知道？

“你既然知道我是龙衣人，是皇族血脉，那……”无瑕努力装出镇定的样子，“那你究竟是谁派来的？”

苏晓晓听得真切——好！好！好！你终于承认了。出乎无瑕意料，苏晓晓离了座椅，一下子跪在了地上，行了叩头之礼，道：“大明孝愍皇帝后人、无瑕公主在上，弥勒教圣女苏晓晓方才得罪了。万望公主恕罪。”

十三 公主

就像饥饿的野兽潜伏在暗夜，吞噬着人世间的光亮，夜幕无限蔓延、渗透，掩藏在一片黑暗之中的，就如同人们心里的鬼。然而这夜幕似与秦淮河毫不相关，沿河早已亮起千万灯火，亮如白昼。

粉衣侍婢东儿和翠衣侍婢西儿，这两人站在“同心舫”船头待命。她们两个早将舱门紧锁，以保证苏晓晓和无瑕的交谈不会受到任何打扰。

她俩也是弥勒教教徒，听令于圣女苏晓晓。此刻，东儿看着天色之暗与灯火之明，自言自语道：“这天地间的一明一暗，斗得正紧啊！”

西儿听她此言，沉默了片刻，道：“姐姐这话说得可不对呢，我们在暗处不假，而那尼姑却比我们更见不得光呀，姐姐怎么能说她在明呢？”

“她嘛……她本就是‘大明’的公主呀，所以啊，不仅是‘明’，还是大大的‘明’。”东儿知道西儿误会了她的意思，却没有纠正，反而顺势开了个玩笑，逗得西儿娇笑不已。待玩笑过后，她又道：“我们弥勒教和这位公主虽然此时都在暗处，但只要我们追随教主，献上自己的一切让他老人家的计划成功，那从此之后，我们双方就都可以光明正大了。如今的躲躲藏藏，只为将来的号令天下。”

“是啊，我们弥勒教若来日真成了国教，那穷苦百姓们就真的有好日子过了呢。”西儿笑着，那笑里，饱含着希冀。

她们绝对不会想到，就在她俩悄声憧憬着未来的时候，有一个黑影已经悄悄爬上了“同心舫”。

那人身穿漆黑的夜行服，融和在无边的夜色之中。他有着一身上乘轻功，故而得以悄无声息地潜到船舱窗旁，隐在暗处，在窗纸上点开个小洞，窥视着舱里两名美女的一举一动。

一明一暗——两个侍女也好，苏晓晓也好，无瑕也好，今晚，这条船上的每一个人似乎都有着一明一暗双重身份。

黑衣人也不例外。明里，他是来自京城、文武双全的秀才胡古月；暗里，他有着绝密的身份。为了隐藏他那绝密的身份，他对数不清的人，撒过数不清的谎。只是，他并没有欺骗昨日邀他上车的杨冲——他的确专为无瑕尼师而来。虽然，不是因为她的美色。

他从小洞里窥见苏晓晓离开座位，跪拜在地，嘴上说着“大明孝愍皇帝后人、无瑕公主在上，弥勒教圣女苏晓晓方才得罪了。万望公主恕罪”。

孝愍皇帝，是明惠帝朱允炆的谥号。也就是说，无瑕是建文帝的后人。

和无瑕一样，他也大吃一惊，险些叫出声来。无瑕会惊，是因为她建文帝后人的身份被人揭穿。他会惊，却不是为此——无瑕的身份，对于他而言是最称不上秘密的——而是因为苏晓晓同时也亮出了自己的身份。

弥勒教……

胡古月博览群书，对如此臭名昭著的邪教，自然是了解得清清楚楚。如今这弥勒教的圣女找上建文帝的公主，不用想也知道，准没好事。可……弥勒教究竟想干什么呢？

胡古月想知道，在船舱里的无瑕更想知道。

无瑕喝了口茶，已经恢复了一如平常的镇定，叹道：“苏姑娘，你既然知道我乃建文帝后人，就理应明白，我从来就不是什么公主。在你面前的，不过是掩瑕庵里带发修行的寻常尼姑罢了。”

苏晓晓已坐回到椅子上，她冷冷一笑，措辞虽然恭敬，可口气颇为讥讽：“公主，您所思所想，若真的和您所说的一致，我们弥勒教也就不会来找您了。”

无瑕眉头一挑，质问道：“那你倒是说说，我怎么口不对心了？”

苏晓晓不答反问道：“您自称‘袭人’，还不是口不对心？”

无瑕一时语塞，只好借着喝茶掩饰。

“呵呵，公主，恕民女放肆，实在是有一言不吐不快。”苏晓晓脸上始终挂着甜蜜的笑容，可她的口气总是咄咄逼人的，“无论您自认是不是一个公主，我们弥勒教都认您这个公主。”她逼视着无瑕，压低声音道，“并且，我们还要叫天下人，都认您这个公主。”

“你这话是什么意思！？”无瑕一双妙目怒瞪着苏晓晓。

“无瑕公主，我们弥勒教的意思是——我们可以助您靖难。”

靖难！是的，靖难！那是无瑕最憎恨的字眼儿。

昔日建文帝在其“智囊团”——黄子澄、齐泰、方孝孺等人的辅佐下，开始了他的削藩大业。燕王朱棣不想束手待毙，于是起兵造反。应该说，朱棣是十分无耻却又十分聪明的人，因为他不仅做好了起兵造反所需要的刀枪、粮草、兵勇，他还找到了起兵的理由——靖难。所谓的靖难，就是要清君侧，除掉皇帝身边的小人。

他指责皇帝受齐泰、黄子澄等宵小之臣的诱惑，没有把朱元璋的病情告知他，没有让他奔临丧葬；另外，还指责皇帝毁坏先皇所居之宫室，从而背弃了洪武帝的祖训。

他更指责皇帝对诸皇子进行了迫害，并且错误地指控朱棣本人在做军事准备来反对皇帝。他争辩说，他所采取的行动是正当的自卫，同时他要求皇帝除掉身边的奸诈智囊们，恢复太祖皇帝的法律和制度。除此之外他还谎称，他有义务来执行这次惩戒使命，因为他是马皇后所生且健在的儿子当中最年长的一位；他指天誓日地否认他对帝位感兴趣，只说他是本着《祖训录》中的规定而开始清除朝廷中的小人官员的。

正是这本《祖训录》，其中有一条规定：在新皇帝登基以后的三年时间内藩王们不许来朝廷，只能留守藩地。可是，如果有奸臣在朝廷当道，诸王得准备他们的兵力，听候新皇帝召他们来“拨乱反正”，而在完成了他们的任务和驱逐了奸佞以后，他们仍应返回封地。朱棣对“奉旨入京”这一条置之不理，公然将他的“靖难”歪论写成奏折，上奏朝廷，向朝廷要“奸臣”。

一场腥风血雨过后，朱棣攻破南京，却下令不入皇城，而是命大军退守龙江驿。显然，他在逼建文帝自绝或是让位。

建文帝果然焚烧了皇宫，这表示他不想让位。但他却也没有选择自绝——因为朱棣进入皇城后，并没有找到建文帝的尸体。建文帝的行踪，就此成秘。

不过，无论如何，朱棣的“靖难”是成功了。他自然不会遵守“返回封地”的条款，在一番假意推辞后，他登上了皇位，成为了明成祖——永乐大帝。

永乐帝虽然以官方的名义宣布了朱允炆的死讯，可无论是官员还是老百姓，甚至是朱棣自己，都不相信建文帝已死。于是，他派出了两队人马去寻找。国外，郑和率领庞大的舰队，浩浩荡荡地七下西洋，却遍寻不着。国内，他任命了一名叫作胡濙的给事中以“访仙”的名义四处打探，甚至连胡濙的母亲去世，永乐帝都不允许他回家丁忧。而最终，正是这个不起眼的胡濙，找到了建文帝——这个秘密，只属于朱棣和胡濙。

从此之后，胡大人的官越做越大。他老人家也真是高寿，到了正统年间，他不但活得好好的，并且是先帝宣宗的“托孤五大臣”之一。如今，他任礼部尚书。

这就是“靖难”的故事，一个叔叔抢夺了侄子皇位的故事，一个并不美好的故事。没有人比无瑕更清楚这个故事的开端，那是她心头最大的痛，因为她是建文帝的后人。

而同样的，没有人比胡古月更清楚故事的结尾，只因他是胡濙家的子嗣。从他出生开始，他就背负了一个使命——世袭的使命。

他和无瑕，注定了一辈子的纠缠。

如今，“靖难”两字从苏晓晓嘴里说出来，并没有增加任何新鲜的含义——她所指的，一样是“清君侧”。和当年的朱棣一样，弥勒教准备好了刀枪、粮草、兵勇，他们也要清理朝廷里的小人——权阉王振。可和开国皇帝朱元璋的儿子、藩王朱棣不同，他们缺少一个可以号令天下的身份。所以，他们需要一个手无缚鸡之力的公主，需要她的身份，需要她的名号。

说到底，苏晓晓是代表弥勒教与无瑕公主谈一笔交易——朱棣用“靖难”从建文帝手上夺走的一切，我们将替你原原本本地夺回来。我们给你“以彼之道还施彼身”的机会，而你要让我们“挟公主以令天下”！

无瑕并不是不为所动，但她依然苦笑着摇了摇头，道：“苏姑娘，今晚就当我俩只是对弈了一局吧。别的事，我一句都没有听到，你也一句都没有说过。明天一早，我就会从南京城消失。我不会对任何人说起你的身份以及你们弥勒教的企图，也请贵教放小尼一条生路。”

“公主，您是不相信我们的实力吗？这一点请您万万不必担心，我们在西南的军队兵强马壮，不仅如此，我们还……”

苏晓晓没有说下去，因为她发现无瑕只是摇头。

“苏姑娘，贵教的意思，我已经很明白了。你们早就策划好了一切，有十足的把握可以让江山易主。你们所欠缺的，也正是我所拥有的——皇族的名号。”

“正是如此，公主既然明白，为何……”这次换苏晓晓愣住了。

船舱外的胡古月猛然咽了口口水，他骇得发了慌——西南的军队？弥勒教在西南养着一支大军吗？为何朝廷一点风声都不知道？听苏晓晓的口气，不像是在诓骗无瑕，难道弥勒教真的如此强大？而且，苏晓晓还说“不仅如此”，除了那支谜一般的西南大军，弥勒教还有什么杀手锏？

这些虽然是他必须仔细打探清楚的事情，但此时此刻，他和苏晓晓一样，紧张地等着无瑕的答案。

“不为何，只因我乃一介女流。”无瑕说罢，起身就要告辞。

是啊，公主又如何，难道要让一介女流登上皇帝宝座吗？百官能服？百姓能服？他们是一百加一百，两百个不服。撇开他们不说，无瑕自己也不想做个女皇——更何况，只是弥勒教的傀儡女皇。

她不是不想报仇，不是不想靖难，不是不想夺位——然而，只恨自己是个女儿身。

“哈哈哈哈。”苏晓晓听了无瑕最后的摊牌，不但不失望，反而如释重负地大笑起来。

无瑕诧异地瞧着她，不知道她为何而笑。

“公主，您所虑之事，教主早就替您想好了解决之道——您不能做新皇帝，但您的儿子却可以。”

“我的……儿子！？”无瑕彻底呆住了。她当然知道自己不可能会有个儿子——她尚是处子之身，怎么可能会凭空多出个儿子来？

船舱外的胡古月也呆住了，他不相信无瑕竟然已经有了个孩子，却又不敢肯定确实没有。

万一……万一……

他心神大乱，他自责、内疚、羞愧——我应该知道无瑕的一切，一切的一切，她对我绝对不能有任何秘密，绝对不行！可为什么？她有没有孩子这么大的事情，我都无法肯定！？他想起了去伏牛山拜师学武之前，在胡家密室里的那番誓言，顿时对自己恨得不行。然而，除此之外，他内心还有另一种感受，一种从未体会过的感受——那是心如刀绞般的痛楚。无瑕在他的心目中，是个囚犯，是个猎物，是个公主，是个尼姑，是个美人……她实在代表着太多太多，甚至可以这么说，无瑕就是胡古月的一切，她占据了他的整个人生——从出生的那一刻开始。可无论她代表着什么，有一点是毋庸置疑的——无瑕，是冰清玉洁的，是可远观而不可亵玩的。

她……怎么可以有一个孩子！？

胡古月这么想着，赶紧又凝神倾听船舱里的谈话。无奈苏晓晓却带着无瑕绕过琉璃屏风，往内室去了。

显然，她们接下来的谈话异常机密，也是关键所在。

但古月若想附在内室窗外探听，就必然会暴露在船头的那两名侍婢视线之内。一番踌躇后，他还是不愿轻易冒险，便施展轻功离了花船远去。

十四　身份

百花生日是良辰，未到花朝一半春；万紫千红披锦绣，尚劳点缀贺花神。

在古时，正月十五的元宵节、二月十五的花朝节、八月十五的中秋节，这三个“月半”被视为同等重要的传统佳节。譬如武则天，她嗜花成癖，每到夏历二月十五花朝节这一天，她总要令宫女采集百花，和米一起捣碎，蒸制成糕，用花糕来赏赐群臣。上行下效，从官府到民间就流行花朝节活动。

今日是一年一度的花朝节会，文人骚客会在馆子里订上一桌，将白天赏花时酝酿好的诗句吟出来，以文会友；而深闺小姐们，也会出来逛逛，赏赏“花神灯”。

晌午过后，萼儿到杨家老宅登门造访，传林黛玉的口信给杨冲，约定酉时三刻，在成贤街旁一处叫作“凤仪居”的小茶馆相见。

自送走了花萼儿，杨冲苦苦熬到了酉时，实在坐不住了，便披了件大氅，出了门去。

由于小书童帮玉符修道观去了，故而杨冲独自走在熙来攘往的成贤街。和前番到此地时的左顾右盼不同，这回他顾不上欣赏这从未见过的古代节会，只是满腹心事，低头不语。

话分两头，且不说心事重重的杨冲，却说那同样心事重重的胡古月，也正漫步于成贤街。

胡古月自吃过午饭，已在街上闲逛了大半日，心中翻滚，脑中混沌。如今已是酉时一刻，他走了这半日，只觉得身心俱疲，想找个歇歇脚、饮杯茶的所在。也巧，他停下脚步，仰头便见一块茶楼牌匾，名曰“凤仪居”。

两日前，他在“同心舫”上听到的谈话，使他忐忑至极。而后，两位美人转入内室，那番他听不到的谈话，更令他当晚辗转难眠。

无瑕公主会和弥勒教联手吗？弥勒教那支谜一般的西南大军究竟在何处？无瑕又是否真的有子嗣？那么多的未知谜团围绕着无瑕公主，而胡古月的职责偏偏是知晓无瑕的一切。

看来，只有动用“那批人”了！

说起“那批人”，胡古月倒是在昨日翻阅名册时，发现了一件有趣的事情。当看到名册上的某个名字时，他暗道：实在是料不到，世界如此之小，缘分如此之巧。人与人的相逢，果然冥冥之中自有道理。

那名字，不是别人，正是杨冲！

正这么想着，只听得不远处有个熟悉的声音“胡兄，胡兄”地喊着，循声望去，真是无巧不成书，那人不是杨冲又是谁？

胡古月先是心中一凛，但旋即便有了主意。今日，他要试试这杨冲，到底配不配得上加入“那批人”的行列。

“哦，原来是杨兄啊。”胡古月隔着几步路，就遥作了个揖。

杨冲待古月走到面前，也作揖回敬道：“胡兄，没想到几日不见，今日却在这小茶楼与你相会，茫茫人海，咱们两次偶遇，实在不得不说有缘哪。”

说罢，两人互作了个相请的手势，古月走在前，杨冲跟在后，进得这“凤仪居”来。

待两人坐定，杨冲开口问道：“胡兄，你到这成贤街来，可是为了观赏花朝节会的？”

胡古月微微一笑，道：“杨兄，我自然与你一样，是来这儿赏灯赏花赏美人的。”

杨冲也笑，道：“旁人逛街赏灯，皆是兴致盎然，为何偏只有胡兄你愁眉不展的？”

胡古月立即反唇相讥道：“杨兄此言差矣，你说‘偏只有’我愁眉不展。我却明明看见，有位秀才，姓杨名冲，也是愁眉不展地走在成贤街上，与我分明是‘同是天涯沦落人’嘛！”

杨冲闻言抚掌大笑。恰在此时，茶博士送上两碗茶汤，几份小点。

“呃……杨兄，你刚才说我愁眉不展，这话倒也不错。”胡古月斟酌一番，才开口道，“如今我胡家倒真是遇到了件愁人之事。”

“哦？不知道是否方便告诉在下？”杨冲在上一世最喜欢看侦探小说，什么江户川乱步、阿加莎·克里斯蒂、东野圭吾等侦探作家都不放过，真可谓是个侦探小说迷。如今他虽然附身在这封建社会的秀才身上，可那股子侦探热情，却丝毫没减半分。

“哎，原说家丑不可外扬，可我与杨兄你一见如故，所以……”胡古月喝了口茶，摆出一副好不容易下定决心的神态，这才说道，“也罢也罢，我说给你听，你也替我胡家出出主意。”

“那是当然，若是能解兄心中烦闷，小弟自当尽力。”杨冲放下茶碗，洗耳恭听。

“这事儿，还得从我那不争气的妹妹说起。”胡古月眼珠一转，娓娓道来，“杨兄，不瞒您说，我胡古月父母死得早，虽留下些薄产，但我自小孤苦，只与我那妹子，相依为命。”

杨冲闻言，点了点头。

胡古月继续道：“而我……而我是堂堂男儿，岂可整日与妹子待在家中平淡度日。你也知道我走南闯北、拜师习文学武之事。”

杨冲复又颔首。

“就因为我长年累月不在家中，我那妹子便缺了人管教，终至做出那大逆不道之事来。”

杨冲听到此处，心头一震，他知道，后面的话才是正题。

胡古月早就观察到杨冲把头凑得更近，更加凝眉静听，知道杨秀才此刻是全神贯注，于是，他加快语速，做足表情道：“哎，我本不想把这种丑事告诉外人，可……可……哎……”

杨冲被古月这番欲言又止给挠得心中奇痒无比，好奇心将他又往古月那边推过去许多。他迫不及待道：“哎呀，胡兄，究竟是什么事，就劳烦您快快相告吧。”

胡古月见到杨冲这副模样，真是既得意又失望。得意的是，他胡古月操控人情绪的手段果然高超非凡。失望的是，喜怒不形于色乃是“那批人”的基本素质。怎可像杨冲这般，只需稍加引诱，便如此忘形。

“兄台，快快相告吧！”杨冲实在熬不住，作了几揖，央求道。

“哎，我那妹子……竟然……竟然与人私通，还……还……还怀上了野种。”胡古月捶胸顿足，还把桌子拍得“格格”作响。

“这……”所谓“清官难断家务事”，杨冲一听竟是这种偷情之事，一下子也没了主意。

“杨兄，我妹子的事情怎么处理，我自有主意。只是如今我所愁之事，是实在不知道那杀千刀的奸夫，是何许人也。”

“哦……原来如此。”杨冲这才知道，胡古月是要他帮着分析出，谁是和他妹子偷情之人。这事儿大大合杨冲的心意，可以过一把侦探的瘾。“那么……胡兄，恕小弟无理，劳烦告诉在下，你家妹子平日里，都和哪些男子接触？”

“不怕杨兄你笑话，我那妹子，我胡家说穿了不过是户小地主，靠着收田租过活。虽说搬进了城里居住，但终究不是大户人家，所以我家妹子，也并不是养在深闺不识人的。”胡古月说得极是流畅，丝毫听不出这些都是现编现造，“平日里，她就喜欢带着丫鬟上街四处闲逛，顺便给家里添置些东西。所以你要问我接触过哪些男子，这……你也知道，我常年待在外头的……”

“说得也是。咦，胡兄，事发之后，你没有盘问过你妹子的丫鬟吗？”杨冲问道。

胡古月颔首道：“自然是严加盘问过，只是那小丫鬟的确也不知道奸夫是何许人也，只是知道我妹子平日里，喜欢逛哪些店铺。”

“哦？这倒是要劳烦胡兄仔细说与我听听了。”杨冲知道，终于问到关键所在了。

胡古月凝思片刻，才道：“照小丫鬟的说法，我妹子平日最常去的店铺，是如下三家。其一，是胭脂水粉铺子，因是张姓老板开的，所以叫作‘张记’胭脂铺。”

杨冲心里暗想：化妆品从来都是女性消费中的支柱产品，

看来从古到今皆是如此。

“其二，是‘林记’首饰行。我妹子自小便爱梳妆打扮，对金银首饰之类，最是喜欢。”

果然，除开化妆品，就是金银首饰，哎……女人就是爱美啊。

“其三，乃是‘宋记’香料铺。平日里我妹子每日都去闲逛。”

“哦……胡兄，我约略已知道那奸夫是哪家店铺的了。”杨冲喝了口茶，道。

“此话当真！？”胡古月虽是喜出望外，可脸上却并无多大波澜。

“自然不是虚言。”杨冲又喝口茶，润了润嗓子，这才说道，“兄台，你想，若是你家妹子整日去些胭脂铺、首饰行的，倒是很好理解。‘士为知己者死，女为悦己者容’，打扮妆容，乃是女儿家的头等大事。”

胡古月点头表示赞同。

“可是，胡兄，你胡家就算再是大户人家，人丁兴旺，也不必每日去香料铺添购香料吧。更何况照你所言，你与妹妹相依为命，而你又常年在外。就算有些侍奉的丫鬟家丁，也不过十口人不到。这么些个人，连吃食都不必天天添购，更何况是香料？所以，你妹子每日去香料铺，此事十分蹊跷。”

“哎呀，杨兄真是一语惊醒梦中人啊！”胡古月装出醍醐灌顶的模样，击掌不已。然后，他又摆出一副愁容，道，“可就算如此，我也无法得知究竟是这香料铺里的何人？”

“胡兄，这事情好办。你想，你家妹子去这香料铺里只是闲逛，却不装模作样询问价格、试尝香料，是否非常奇怪呢？”

“是很奇怪不假，可那又如何？”胡古月暗自打量着杨冲，说道。

“那就非常不寻常了。因为你妹子每日做出这等奇怪的举动来，而看店的长工却也不感到奇怪，甚至不询问些什么，这难道不是更奇怪的事情吗？按照常理来说，那看店的长工见着你妹子每日这古怪的举动，早该上前询问些个什么了吧？”

“所以……所以杨兄的意思是……”胡古月的眸子里，闪出了光彩，但稍纵即逝。

“我的意思是，这个长工要么就是奸夫本身，要么就是知道你妹子和奸夫的苟且之事，自然也就知道奸夫到底是谁。”杨冲一口气说完，将茶碗里的茶汤一饮而尽，心中有说不出的快意。

这么多天以来，除了苦苦等待林家的药材，杨冲基本上过着饱食终日、无所事事的日子。今日难得可以好好动动脑子，推理断事，他怎能不感畅快。而正是杨冲的这番分析推理，使胡古月终于确定了一件事——杨冲此人，稍加磨砺，才堪大用。

可这各怀心事的两人谁都没有发觉，在“凤仪居”的僻静角落，两名百夷族打扮的虬髯大汉，已无声无息地落座，商量他们那见不得人的勾当。

“杨兄……”胡古月踌躇着，几番欲言又止。

“怎么，胡兄？有什么事儿，你但说无妨。”杨冲豪爽笑道。

“你可知道，你杨家身负密职，世袭罔替。”胡古月压低声音，逼视着杨冲问道。

杨冲顿感气氛有异，眼前的这个胡古月身怀高深武功，若是自己此时轻举妄动，说不定胡古月这小子会立刻翻脸不认人，出手加害。想到这里，杨冲一动不动地坐在位子上，额头上冷汗直冒，却强装镇定问道：“胡兄这话，小弟可真是听不明白了。”

“哼哼。”胡古月不再说话，只是冷笑不止。

杨冲一时乱了方寸，他料想不到怎会如此这般风云突变，惊恐中又带着极大的困惑。

“你对你的身份，真的一无所知？”胡古月话音未落，以迅雷不及掩耳之势，以一根手指抵住杨冲的颈部。

杨冲不知道那里有些什么穴位，但光凭猜测也知道，此处一定有可以置人于死地的穴位。胡古月只需手指一点，我杨冲便要一命呜呼。

可……这真是倒霉催的，我一个穿越来的人，怎么可能知道原来这该死的杨秀才到底有什么秘密身份。而这胡古月又是怎么知道的呢？更关键的问题是，是什么样的身份，竟然要让胡古月突然翻脸为敌呢？

杨冲的心怦怦乱跳，只感到胡古月那根铁棒似的手指越逼越紧。

死定了！杨冲索性闭起眼，不做他想。

胡古月的手指已经触碰到了杨冲的皮肤，杨冲心中反倒豁达起来。毕竟是死过一次的人，当死亡再次降临，他反倒有了一种在这古代社会，久违的熟悉感——死亡的感觉。

“哈哈哈哈哈哈！”伴着朗朗大笑，胡古月收回了手指。

“胡兄，你……你……你这是……”说也奇怪，如今死亡的威胁已经消除，杨冲却后怕起来，说话都结巴了。

“兄弟，你视死如归，是顶天立地的大丈夫！”胡古月拍着杨冲消瘦的肩，又将他细细打量了一遍，“瞧不出你这文弱书生，倒是铁骨铮铮啊！”

杨冲被夸得莫名其妙，正待询问胡古月，对方却抢先开了口——用几乎细不可闻的声音：“杨兄弟，不，杨百户，从今天开始，我提拔你为锦衣卫千户。同时，你也是我胡古月的智囊了。”

锦衣卫！？胡古月竟然是臭名昭著的锦衣卫！？

不，等一下！照他所说……我……我杨冲竟然也是锦衣卫的一员！？

在杨冲震惊不已的时候，那两个百夷大汉似乎是商量好了事情，如鬼魅一般，悄悄地离开了茶馆去了。

胡古月这时虽然已经发现了这两个穿着异常的百夷人，心中起了些异样的感觉。可眼前还有更重要的事情，所以他也没有将这两名大汉太放在心上。

若是他能预知一个时辰之后发生的事情，他将为此刻的“不放在心上”，追悔不已。

十五 突变

“姐姐，如今都酉时二刻了，我们……我们……”

无瑕听见屏风后传来林黛玉怯怯的含羞的声音，她聪慧过人，怎会不明白林黛玉话中之意，只是她平日里最喜欢之事，就是逗弄这娇羞的林妹妹，故而她装傻充愣起来，道：“我知道已过了酉时二刻，却又如何？”

“姐姐……这……”是林妹妹略带颤抖的声音，“那……”

“什么这啊那的，我替你说了吧，你刚才是想说‘如今都过酉时二刻了，我和我未来相公约在了酉时三刻见面的，我们快出门去吧’。”无瑕的脸上除去一抹淡淡的微笑，再无多余的表情。

“不是不是！我……我是想……”屏风后安静了片刻，显然林黛玉在想借口搪塞，好不容易，她才开口道，“我是想，今儿个是花朝节，晚上有花灯可瞧，我都好些年没好好逛过花朝灯会了，这次可得早点出门呢。”

“哦，原来如此。”无瑕喝了口自己泡的“冷香茶”，口气颇为戏谑，“那今儿个咱出了门，就往城隍庙去吧。那里的灯花样多，保管你大饱眼福。”

“姐姐！”屏风后传来一声娇嗔，“咱们……咱们不是说好了要去成贤街的！怎生又要去什么城隍庙了！？”

“你若是要赏灯，咱们自然是要去城隍庙。你若是……哈哈，你若是要会情郎嘛，咱们自然就得去成贤街了。”无瑕换了个坐姿，脸上笑意浓了些，“林妹妹，你说，咱们是要去城隍庙呢，还是要去成贤街呢？”

“好姐姐，你就不要取笑我了！”林黛玉说这句话时，娇羞至极，本该拔高音量。可正因为娇羞至极，所以她的音量反倒是轻不可闻，细若蚊蝇。

“哎，林妹妹，你叫我一声好姐姐，我本不该再取笑你。可转而想想，我险些要为你变成个瘫子，怄不下这口气，因而还是得接着取笑你。”无瑕说罢这没头没脑的话，喝着“冷香茶”卖起了关子。

“咦？姐姐这话倒是奇了，前朝关汉卿作《感天动地窦娥冤》，妹妹我实在是比窦娥还冤。我几时害你变成瘫子了？莫说是瘫子，就是你脚崴过一下没有？”和无瑕那从容淡定的声音不同，林黛玉的嗓音温柔清雅。

“你从酉时就开始梳妆打扮，如今都过了酉时二刻，你还没从那屏风后出来。我这脚都坐麻了，再久些，我肯定得变成瘫子。你这衣裳早已换了十八九套。萼儿，你为你家小姐，重梳了几回头了？”

屏风后立即传来一个俏皮的、略带童稚的声音——那是花萼儿：“回无瑕小姐的话，重梳了二十……哎哟！小姐，我不说就是了，你打得我好疼哟！”

“好啊，你们一个是我金兰姐妹，一个是我贴身丫鬟，如今倒好，你们两个合起伙来欺负我了。”林妹妹笑着恼了。

“对啊对啊，我们合起伙来欺负你，你一会儿便可以向你未来相公告状了。”无瑕说罢，屏风后是葶儿强忍不住的笑声。

“哎……”无瑕先是听见林黛玉突然叹气，紧接着又听见那葶儿关切的声音，“小姐，你这是怎么啦，头还没梳完呢……”

无瑕知道林黛玉在这欢喜的时刻，猛然想起了一会儿与杨冲见面的目的，不由得悲从中来。她安慰道：“好妹妹，莫要忧心了。凡事冥冥之中皆有注定，若真是命中注定，无论好坏，都不会随你忧心而起变化的。”

林大小姐三间相连的大闺房顿时沉默下来，无瑕似乎听见了屋外，有人疾步奔走的声音，听这脚步，该是壮汉。但转而一想，这里是林家内苑，怎会有壮汉奔走？想来是这两天夜夜以泪洗面，终致精神不济，一有风吹草动，便出现了些许幻觉。想到这里，她便又放宽了心。

想到以泪洗面，无瑕的情绪也低落起来。她之所以会以泪洗面，只因她拒绝了弥勒教圣女苏晓晓的合作。虽说她为祖宗的大明江山着想，免动干戈，却又觉得放弃这大好的靖难机会，愧对先祖建文帝。无论接受还是不接受，她注定愧对先祖。无瑕这才觉得，自己是个多余的人。

“姐姐，那件事真是要谢谢你。”林黛玉突然打破了沉默，也打断了无瑕的思绪。

“嗯？哪件事？”无瑕一时没有反应过来，问道。

“我家小姐说的，该是为杨相公筹药之事呢。”说话间，葶儿绕过屏风，走到了无瑕身畔。她见茶杯里茶水已不多，便为无瑕续了些水，然后扭扭捏捏道，“两位小姐，我……我……我内急。”

“哈哈，那你可得快去快回，你家小姐今日不把自己打扮成天仙，是不会出门的。”

花蓴儿朝无瑕露齿一笑，然后急匆匆地出了房门。

“姐姐，蓴儿说得很对。筹药之事，全仰仗姐姐的妙计，否则断不会在这短短三日之内，就凑齐十对犀牛角、十副熊胆、半斤冬虫夏草。这些药材，不但数量充足，就是质量，也是咱江南地区数一数二的。”

要说起这无瑕的筹药手段，真是精妙绝伦。

她先是安排蓴儿装病，昏迷不醒。由于蓴儿是女儿身，故而林大小姐出手诊断显得很是自然。紧接着，林黛玉向父亲扯谎，说蓴儿不知怎的被人下了蛊，命在旦夕。林老爷虽是名医，可对解蛊之事，却是不懂，此时林大小姐见机提议，让无瑕尼师驱邪解蛊，林老爷断没有拒绝的道理。

待无瑕来到林家，装模作样做了场法事，便说已请了仙方，如今只缺三味药材，乃是——十对犀牛角、十副熊胆、半斤冬虫夏草，并严明三日内若不解蛊，蓴儿性命不保。林老爷自然觉得十分棘手，因为如此大量的珍贵药材，就是他“回春堂”也不是说拿就能拿得出的。若是要向别的药铺购买，只怕别家奇货可居，不肯轻易相售，待拖延了时日，蓴儿便要一命呜呼。

就在林老爷束手无策之时，无瑕提议，虽说林家的“驻颜丹”秘方不可能拿来交换药材，可“驻颜丹”的独家经营权却可拿来做场交易——用来换质量最上乘的十对犀牛角、十副熊胆、半斤冬虫夏草。

这个法子的确高明。因为说穿了，“驻颜丹”本来并非救命药材，而是美容药。就算林家按照现在的出售价供货给取得独家经营权的药行，那家药行再加些利润，提高售价出售。那也不过就是把“驻颜丹”变作了一种奢侈品。原本会买这“驻颜丹”的，就是些官宦人家的贵妇小姐，穷苦百姓吃饱穿暖就已不易，怎还会花这冤枉钱？所以，就算变成了奢侈品，原本的消费群体也不会负担不起，销量也便不会有太大的波动。而林家在没有任何损失的情况下，还白白赚一笔转让独家经营权的好处，单从商业的角度来看，也是一笔划算的买卖。更何况还能救人呢。

最后，不知“普济厅”的吴大元吴老板用了什么法子，竟在短短三日之内筹齐了足量药材，且质量上乘。再加上吴大元素来与林老爷交好，“普济厅”也是颇有名望的药铺。故而这“驻颜丹”的独家经营权，就落在了“普济厅”头上。

“这件事还不是……还不是……”无瑕忽地闻到一股怪异的香味，然后只觉头晕眼花，话都说不下去了。

“姐姐，你有没有闻到……我……好晕……”屏风后，是林妹妹气若游丝的声音。

片刻，两位美人在屏风内外，双双晕倒。

几乎就在她们晕倒的同时，两名百夷虬髯大汉踢开房门，闯进了林黛玉的闺房之中。

只听圆脸的汉子对方脸的汉子说道：“大哥，这里有两个女人，到底哪个才是那该死的公主！？”

“他娘的，老子怎么知道！？据说这公主长得很美，你把地上这个翻过来，瞧瞧长得如何，要是歪瓜裂枣的，就不是公主。”方脸的汉子说着，往屏风处走去，嘴上说道，“里面那个女人，我来查看。”

“该死的，为什么要弄得那么麻烦。大哥，我看叫刀姑娘进来瞧瞧，不就都清楚了。”圆脸的大汉脾气十分暴躁，早就不耐烦起来。

“放你娘的狗臭屁！刀姑娘刚才都说了，她办更重要的事情去了。况且，要是我们连这点小事都办不好，还不得让刀姑娘瞧不起啊！”方脸的那个说着，已经绕到了屏风后。

“该死的，早就看出你对刀姑娘有意思。哼哼，也不掂掂自己的斤两，真是……真是……哎，那句话给忘了。”圆脸的大汉小声嘀咕，他原本想说“癞蛤蟆想吃天鹅肉”的，可汉人的俗语毕竟不熟，也就骂了几句粗话，不再啰唆了。

“你奶奶的，我这里这个可是个绝世美人啊，准是公主，没跑了。”方脸的那个用猥琐的声调说道。他心里暗想：妈的，这美人可比朝思暮想的刀姑娘还要美上许多呀！

“该死的，我这里这个也美得不行。喂，大哥，这可怎么办啊？我看实在不行，要不就去找刀……”圆脸汉又不耐烦起来。

“刀你老娘个屁，都说了几次了，别去找她。我想想办法！”方脸汉大吼一声，开始了思考。

只过了一小会儿，那圆脸汉就等不了了，他突然从腰间抽出一把银制匕首，对准无瑕的脸，大声叫嚷道：“要不这样吧，我把我这里这个的脸划花了，这样，她就不是美人了。那就只有你那边一个是美人了，这样一来，你那边的女人，就是公主了。”

“你给我闭嘴！否则老子把你的命根子砍下来当下酒菜！”方脸汉用床单裹住了林黛玉，扛在肩上。他踢倒屏风，走到了圆脸汉面前，训斥道，“你做事什么时候可以用用脑子！？嗯！？你老是这样，刀姑娘会瞧不起咱们的！”

“该死的，刀姑娘原本就瞧不起咱们，根本不是因为我没有脑子才瞧不起咱们的！”圆脸汉不服气，争辩道。

“你这个浑蛋，不许顶嘴！”方脸汉把林黛玉交给圆脸汉扛着，自己返回到床边，把床幔扯下来，裹住无瑕，然后扛在肩上，命令道：“快跟我走，别在这里磨蹭了。”

“该死的！”圆脸汉骂了几句百夷话，又往地上吐了口浓痰，跟着方脸汉，走出了林黛玉的闺房。走了一段，他才突然想起什么似的问道，“大哥，我们这是要去哪儿？”

方脸汉也被这个问题给问蒙了，想了会儿，才说道：“还记得上次在城东发现的那座破道观吗？我看那一定是座荒弃的道观，咱们住在里面，保管没人会发现。等……等到夜里，那骚货来了，自然就能搞清楚她们俩谁是公主了。”

“咦？那……那只小狐狸精也要来吗？该死的，你怎么不早说？”圆脸汉兴奋异常，但转而又忧虑起来，“我们俩都去道观了，谁去通知小狐狸呢？”

“这个，我自有办法。”方脸汉仰天吹了声口哨，不一会儿飞来一只信鸽。他撕了无瑕身上一片布下来，咬破手指，用血写了歪歪扭扭的“城东观”三个字，把布捆在信鸽腿上，然后将它放飞。

鸽子，带着血书的信息，往秦淮河畔飞去。

十六 报信

“胡兄，您提拔愚弟为千户，恐怕……”杨冲本想说“恐怕小弟无法胜任”，转而一想，若是如此一说，胡古月定要问他缘由。杨冲到时只好将自己得了“失忆症”一事和盘托出。他担心胡古月因此嫌弃他丧失了利用价值，便要排除出锦衣卫队伍。

而胡古月刚才又言明了他杨冲是“身负密职”的——是“密职”！而且还是“世袭罔替”！也就是说，杨冲本应该知道什么秘密，背负着某个重要的职责。却由于殷小君的穿越附身，记忆更替，所以，现在的“新杨冲”对本应记得的秘密，一无所知。一旦他被排除出锦衣卫队伍，那么按照锦衣卫的办事风格，肯定不放心一个曾经知道他们秘密的人就这么脱离队伍。要保证杨冲不会某天突然“恢复记忆”，泄露秘密，那就必须永远囚禁杨冲——甚至是直接杀掉杨冲！

他又想到，上一世虽对明朝历史不甚精通，可对于锦衣卫的赫赫大名，却是如雷贯耳的。据说锦衣卫有个“诏狱”，但凡进了这特殊的监狱，可谓日日求生不得、求死不能，不死也被扒层皮——不，扒皮还算轻的，说不定是抽骨、挖目、割鼻……

想到这些令人作呕的酷刑，杨冲心中着实害怕，所以只说到“恐怕”二字，便不敢再说下去了。

胡古月听了杨冲这么“欲说还休”的半句话，也一时不解其意。而后又见杨冲面露惶恐之色，紧接着是凝眉不语。胡古月心想：是否因为提升得太过突然，所以这小子心中忧虑？这不可能啊，虽说在锦衣卫中供职，可怎么说也是为朝廷效力，是正儿八经有品级的朝廷官员。既然是做官的，哪个不是想破了脑袋要升迁的？会有哪个傻子升职了，反倒忧心了？只怕是欢喜都来不及。

“杨千户，切莫担忧，以你的能力，做个千户是绰绰有余，故而不必担心无法胜任。你手下管制的百户名单，过几日我自会差人送到你府上。还有，你怎么还叫我‘胡兄’？该叫我‘胡佥事’才是。”

杨冲暗暗叫苦：“千户”倒是经常在电视剧里听到的官名，“佥事”是个什么鬼东西？唉，都怪那些搞电影、电视的，拍那么多辫子戏干啥，多拍点明朝剧该多好！

不过事到如今，抱怨这些也没什么用。他仔细想了想：胡古月既然有权力把我从百户提拔成千户，就说明他一定是个比千户更大的官。也就说，这家伙很有可能就是我的顶头上司！

想通了这件事以后，杨冲便应道：“胡大人说得是，是卑职疏忽了。”

胡古月点点头，紧接着问道：“你我不比别的锦衣卫，乃属‘密探’。而且我们的使命特殊，我想你也知道。所以刚才你即使被我威胁，也绝不肯透露身份，这一点我十分满意。”

又来了，“使命特殊”！鬼知道这个特殊的使命是什么！？杨冲很想问个清楚明白，可怎么问呢……别急，好好分析一下——首先，胡古月和我第一次见面的时候，并不知道我也是锦衣卫。其次，我杨冲不认得这位上司，胡古月认为并不奇怪。从这两点，就可以知道两件事：其一，这个所谓的“密探”机制，上司认得下属，而下属未必认得上司。其二，上司手上有一份下属的名册——刚才胡古月不是还说“你手下管制的百户名单，过几日我自会差人送到你府上”云云嘛——但上司手中只有名册，却很有可能从未和下属见过面！

所以，我和他，下属和上司——今天都是以锦衣卫的身份，初次见面！

想通了这一点，杨冲放胆说道：“大人，虽说前几日在城东你我同车，交谈颇欢。可您也知道，你我之前从未见过面。我想大人是凭借手中的名册确定了我的身份，小的不敢斗胆请大人出示证据——也不必请大人出示证据，因为大人手中有那份名册，便是最好的证据。”

“哈哈哈哈，虽说你这推论颇为精妙，可毕竟不如瞧上一眼腰牌来得放心。我也让你宽心些，喏，你瞧。”胡古月说着，从袖袋里掏出一块明晃晃的铁牌来。

杨冲定睛一看，上面刻有两条飞鱼的图案，又有“四品佥事胡古月”七个小字。想必，这就是锦衣卫独有的腰牌了。他猛然想到：哎呀，不好，我自己的腰牌呢？人家向我出示了腰牌，按理来说，我也该出示我的腰牌给他瞧的。这事儿可不是靠分析就能解决的，快想办法，快想办法……

他一边苦苦想着对策，一边偷瞄了胡古月几眼。他发觉，胡古月收起铁牌后，只是悠然喝着茶，似乎并不等待他杨冲掏出什么腰牌来。

这是为什么？难道……对了！我原先只是个小小百户，极有可能并无腰牌！

杨冲做出了这个假设后，咽了口口水，让自己保持镇静，也默默地喝起了茶来。

“杨千户，我们还是说正事儿吧。”胡古月果然没有问杨冲讨腰牌看，而是放下茶杯，开门见山，“不瞒你说，从我太祖父组织你们这拨‘密探’开始，已经过去四十多年了。这四十多年来，我们一直背负着秘密的使命，即使是对别的锦衣卫，都要严加保密。甚至是对自己的家人，也绝不能泄露半个字。唯一能诉说的对象，只能是自己选中的继承人。而继承人的名单一旦确定，那么就必须世袭罔替，否则便会被上司派人暗杀。”

杨冲听得心惊胆战：我的天哪！这简直就是黑社会嘛！这杨秀才是三代单传，他老爹在世的时候肯定是把官职和使命都给交代过了。可……可我只占用了他的身子，却没保留他半点记忆啊。这可怎么办，我对那个什么“秘密使命”，是一无所知啊。

“杨千户，我很欣赏你的才智。我想，以你的聪明应该也可以想到，之所以要建立这支秘密的死忠队伍，只因为我们背负的秘密，实在是太过惊人。不夸张地说，大明江山的兴衰荣辱，和我们有着直接的关系。”

大明江山……我的妈呀，这到底是个什么样的秘密啊！？

“而现在，公主正在误入歧途。虽说只有我一人知道公主的真实身份，但说来惭愧，我却从来只是在暗地里监视公主，从未和她有过交谈。”

公主？公主！他刚才说——公主！杨冲的大脑飞速运转，拼命想理出头绪——我们是一群锦衣卫的密探，世代保护着一位公主？那这位公主起码有四十多岁了……

“可是，杨千户，你却不同。你不但和公主交谈过，而且你的未婚妻还是公主的闺中挚友。”

我的未婚妻？杨冲脑海中浮出了“林黛玉”三个字。林黛玉的闺中挚友……我又接触交谈过……难道是……无瑕！？等一下，就算无瑕是个公主，年龄也不对啊。按照胡古月的描述，这个密探组织在四十多年前就建立了。四十多年前，无瑕都还没有出生啊。难道是未雨绸缪？那也不需要提前二十年吧。对了，只剩下唯一的解释了——这个密探组织，世代保护某个人以及他的后代。公主，就是“某个人的后代”。这是一个强制的保护机制，同时也是个监视机制。被保护者和保护者，被监视者和监视者，都无法选择，而且都是世袭罔替。

“胡大人，您就直接吩咐吧，要小的做些什么？”杨冲索性豁出去问道。

“弥勒教的圣女苏晓晓找到公主，要求公主以建文帝后人的身份，助他们弥勒教起兵造反。我探听到的，就只有这些。”胡古月说得异常懊恼。

建文帝……原来是建文帝！上一世只知道建文帝之死是千古谜团，没想到此番穿越来到正统朝，竟然还会被卷入建文帝的旋涡之中。按照胡古月的说法，建文帝不但在破城的那一刻逃出升天，活了下来，竟然还有后代！而且，作为朝廷官员、锦衣卫中的实力人物——胡古月，竟然还要保护这个建文帝的后代。要知道，如今的皇帝，可是朱棣的后代子孙啊。胡古月拿着朱棣子孙的俸禄，却行使着保护建文帝后代的职责，这件事听起来太过荒诞离奇。更叫杨冲不敢相信的是，胡古月的太祖父竟然还组织了一拨人专门保护建文帝的后人，而且这个组织的成员，子子孙孙，都要行使这个职责，否则就会被暗杀。

杨冲只觉得多想无益，不如不想。他小心翼翼地问道：“那么公主的意思是……”

“我说了，我探听到的，就只有这些。”胡古月用冰冷的声音，把话重复了一遍。

杨冲会意，说道：“小的明白了，大人是要小的想尽办法，探到公主的态度。”

胡古月点头，又摇头，道：“这话只对了一半。我还希望你助我一起打探弥勒教的阴谋。苏晓晓号称邪教在西南有一支大军，此事非同小可，须好好打探。”

“西南，不是西北吗？”杨冲对正统年的事情，唯一了解的就只有“土木堡之战”，所以他脑子里，始终觉得朝廷的敌人，该在西北。

“近些年鞑子的确时常骚扰边境，可恨得很。不过鞑子作战，目的多为抢夺钱粮物资。你要说他们和弥勒教勾结，妄图夺我大明江山，不能说完全没有可能，但却似乎……似乎不太对头。我总觉得，苏晓晓既然言明了在西南潜伏着一支足以起兵造反的大军，那一定是出乎我们预料之外的军队，决不会是鞑子兵那么简单。”说到这里，胡古月脑中灵光一现，他问道，“杨千户，我听闻你前几日到你岳丈的药铺里闹了一番，可有此事？”

杨冲先是不由得佩服锦衣卫的情报工作简直堪比“二战”时的纳粹，然后怪不好意思地将认识袁玉符开始的一系列事情，悉数告诉了胡古月。

“哦？被下蛊的苗疆女子……”胡古月脑中闪过刚才扫视到的两个百夷大汉，“苗疆……西南……那女子，现在何处！？”

“还在城东的莫愁观吧。”杨冲见胡古月一下子激动地站起身来，也跟着站了起来。就在这时，他听见有人冲“凤仪居”里叫道：“杨冲，杨相公”。听这声音，甚是焦急，仔细辨听，来人是花萼儿。

“萼儿，我在这里！”杨冲朝萼儿招招手，他这才想起，自己和胡古月谈了这许久的话，时间该是早过了酉时三刻。现在花萼儿来了，说明林黛玉也肯定就在附近。看来虽然是迟到了一会儿，但林大小姐总算还是来赴约了。

“你就是杨冲？”萼儿喘着粗气，显然是一路奔走所致。她奇怪为什么杨相公的声音听起来那么耳熟，似乎在哪里听过，又一时想不起来。也罢，如今情势紧迫，也来不及想这种无关紧要的小事了。她抄起杨冲的茶杯，将里面的茶水一饮而尽，道，“大事不好了。小姐……小姐被两个大汉给劫走了。”

“什么！？什么时候的事？”杨冲心里一惊，问道。

“酉时二刻的事，而且……而且……”萼儿努力把气喘匀，“而且，无瑕小姐也一同被劫了去。”

“你为何不早点说！”胡古月一听无瑕被劫，顿时急了，一把抓住萼儿的手腕，厉声问道，“劫人的可是两个百夷大汉？”

“百夷……我不知道……反正肯定不是咱们汉族的，穿的稀奇古怪的。哎哟，你抓得我手好疼，快放手！”萼儿哇哇大叫起来，待胡古月松开手，她小嘴一嘟，气哼哼地说道，“你这个相公好不省事，我家两位小姐被人劫了，你不急着救人，却只顾问什么汉人百夷人的。那两个大汉，好生可怕，自然是歹人！”

胡古月只道是这小丫头年幼无知，不知什么是百夷人。眼下的形式，也没工夫与她计较。他急问：“丫头，我问你，你可知道他们劫了两位小姐去哪儿了吗？”

“嗯，知道。”萼儿点点头，“他们在院子里商量去向的时候，我正好躲在一处假山后面，所以他们没发现我。我只听到他们说什么‘城东废弃的道观’，又说晚上要来个‘骚货小狐狸’。”

“莫愁观！他们竟是去了莫愁观！”杨冲失声叫道。

“‘骚货小狐狸’……难不成是苏晓晓那个妖女……”胡古月强迫自己冷静下来，问杨冲道，“杨千……杨兄，事不宜迟，我先赶去那莫愁观，你速去通知官府。”

“萼儿，你去官府报案。”杨冲说着，拉起胡古月的手就往外冲，“莫愁观，我随你一起去。”

十七 火攻

杨仲这三日几乎都泡在了莫愁观里，他每日辰时便来到道观里，亥时方才离去。经过他和几个雇用的壮丁这几日的赶工，道观的外墙如今已经用岩石和糯米重新修筑起来。莫愁观的牌匾下面，也被安上了两扇厚实坚固的大木门。如今，他已开始重铺大殿屋顶的瓦片。

“六……哦，不对不对，嘿嘿，杨仲哥，都戌时了，吃点儿东西吧。”袁玉符端着一碗刚煮好的面条——里面还贴心地窝了两个荷包蛋——站在大殿下喊道。

“不忙不忙，你先进屋去吧，天还凉着呢。”杨仲擦了把汗，斜过身往大殿下瞧。借着皎洁的月光，他看见袁玉符袅袅婷婷地站在浅灰色的夜幕里，只有一轮朦胧的轮廓。即使隔着些距离，也不甚明亮，他还是一下子就瞧出来袁玉符穿着他买的新衣服。他顿时精神为之一振，收正身子，更加卖力地干起活来。

玉符知道杨仲虽说当惯了下人，有一种被驯服后的言听计从，可他骨子里，其实是个非常倔强要强的人。既然他现在不肯下来，那不干到一片漆黑他是不会罢手的。但她看着手里的那碗面条，担心一会儿面条会发胀，继而又担心冷了之后，味道会逊色许多。她心想，自己第一次为男人煮的吃食可不能就这么慢慢变糟。所以她仰起脖子，对着天空叫道：“叫你下来就下来，否则……否则明天叫你家少爷换个人来修观。”

“好好好，我这就下来，这就下来。”杨仲心里明白玉符不过就是吓唬吓唬他，并不会真的叫少爷换人。但他对玉符的话，总是毫无抵抗能力。现在玉符的命令已经下了，他焉有不从之理？

他心里明白，这种服从，并不是懦弱的屈服，也不是奉迎的温顺，而是一种源源不断的宠溺。他沉浸在这种付出带来的快乐里，无法自拔。

就在他扭过身子，准备顺着竹梯下来的时候，他瞧见月光下，两个穿着奇装异服的大汉，正沿着山路朝这莫愁观疾步而来。他心中暗叫不好，飞快地顺着梯子爬了下来。

玉符见他着了地，将面条递了过去，正待说：“快尝尝我的手艺。”不料杨仲根本没理她，而是径直冲向道观大门，然后将大门关上，闩上了那根粗长的门闩。

“怎么了，出什么事儿了？”玉符大惑不解。

“快，你快带着八卦和两仪进东边的瓦房里去。”杨仲一改平日的唯唯诺诺，用不容置疑的口吻喊道。说实话，他也不知道这两个大汉是敌是友，会不会带来危险，只是靠直觉本能地做出反应。

“究竟出什么事儿了！？”玉符的好奇心本就十分强烈，现在杨仲一个劲地叫她带着孩子去东瓦房，却又不告诉她缘由。她一时逆反起来，说道，“你不告诉我究竟发生了什么事儿，休想我听你的。”

“哎呀，我的姑奶奶，时间紧迫，来不及解释了。你赶快进……”

玉符迅速打断了杨仲的话，用更响亮的声音喊道：“不，你越是这样，我越是不走。我就在这儿等你把面吃完了，否则哪儿也不去。”

几乎就在她话音刚落的瞬间，玉符听到一阵急促的拍门声。她稍一愣神，只听得观门外有一个既粗犷又猥琐的声音嚷道：“他娘的，上次来这儿，这里还是破破烂烂的，怎么几天工夫，就给围得那么严实了！？”

然后是一个聒噪中透着不耐烦的声音：“该死的，我砸了这破观门！”

紧接着，是一阵“乒呤乓啷”的声响，只听那个不耐烦的声音道：“该死的，这观门好结实，刀口都砍卷了，还是他妈没在门上砍出缺口来。老大，要不咱还是等刀姑娘……”

“刀刀刀，刀你奶奶。和你说过多少遍了，别总提刀姑娘。这点小事我们都搞不定，以后……以后怎么做……做他奶奶的大事！”那个粗犷的声音虽然气势汹汹，但显然对自己所说的“要做大事”并无底气，所以声音越来越小。

“那这该死的观门闭着，我们如何是好？他奶奶的，这围墙是哪个乌龟王八蛋造的，那么硬。”那个聒噪的声音显得更加不耐烦了，提议道，“老大，不如这样，我们朝里面喊话，吓唬吓唬里面的王八蛋，说不定他们一害怕就把门开了呢？等他们开了门，我们杀将进去，把他们都剁成肉酱，哈哈哈。”

“你带点脑子说话成吗！？”那粗犷的声音明显火了，“你嚷嚷得那么响，早让里面的王八蛋都听见了。他们现在都知道你一进门就要杀人，还会蠢到把观门打开放你进去吗？”

“那……那老大，你喊吧，你别吓唬他们，你哄哄他们。

他们只知道我要杀人，却不知道你也要杀人。你只需哄哄他们，说我们只是进观去歇个脚的，他们心一软，就把我们给放进去了。到时候，我们两个人一起把他们剁成肉酱，岂不更加痛快，哈哈哈哈。”

聒噪的笑声结束后，是一声响亮的“啪”。

“该死的，老大，你为什么刮我大嘴巴。”那个聒噪的声音大吼一声。

“他奶奶的，本来我的确可以用你刚才的办法骗里面的那群王八蛋的，现在倒好，被你这么一通瞎嚷，里面的王八蛋就知道我们是一伙的了。他们既然知道我们都想把他们砍成肉酱，又怎么还会开门呢？都怪你自作聪明，坏了我的好事！”

玉符在观里听得这两人的一通嚷嚷，先是惊恐，继而是越听越好笑，最后险些笑岔了气。她笑得花枝乱颤，面汤也翻出来不少。

“现在可不是笑的时候呀。”杨仲见玉符不惊不急，反而入神地听门外那对活宝的对话取乐，赶忙催促道，“现在你知道缘由了吧，快些带着两个孩子进东瓦房去避一避。”

东瓦房里睡着那个苗族姑娘，所以杨仲第一天就修缮好了这间房子。如今危机就在门外，他一心只想观里的所有人都聚在一起，躲避在最安全的地方。

“我们都进东瓦房，你呢？”玉符关切地问道。

“我？我……我稍后也会进来的。我暂且在此观察观察。你且安心，这围墙和大门都是我亲手重筑的，既高又坚固，他们是进不来的。我只担心我们都进了东瓦房，连他们什么时候走的都不知道，岂不是白白担惊受怕嘛！”他见玉符还在迟疑，央求道，“好妹子，你就听我的吧，你先带着孩子进瓦房去。我绝不会有事儿的。一会儿他们知难而退了，我自然会通知你们出来的。”

“那……那好吧。”玉符朝大殿走了几步，又折回来，将那碗面条递给杨仲，道，“既然他们一时半刻也进不来，你先吃点东西吧。”

杨仲觉得再推让一番，又要耽误时间。门外不知是什么状况，说不定两个大汉随时有办法破门而入，岂可再磨磨蹭蹭？所以他干脆地接过碗筷，斩钉截铁地说道：“快进大殿叫醒两个孩子，带他们进东瓦房。”

玉符没有说话，只是默默转过身，朝大殿奔去。

观里的杨仲很焦急，观外的两名百夷大汉更焦急。他们一人背着一个姑娘，在莫愁观前急得团团转。

圆脸汉对着观门又是瞎砍了一阵，还是毫无收获。他勃然大怒，冲着观里骂道：“该死的乌龟王八蛋！你们有种的别缩在里面不出来！”他骂完，等了片刻，听观里毫无动静，火气更甚，喊道，“你们这帮该死的再不出来，老子就放把火，烧了你们这破道观！”

“兄弟，你刚才说什么！？”方脸汉从圆脸汉的叫骂中得到了些许灵感。

“刚才？刚才我说‘你们这帮该死的’！”圆脸汉抹了把脸上的油汗，高声道。

“再之后呢？再之后你说要放把火烧了这道观？”方脸汉总算想到了办法，“这办法高明啊！你看，这观子四周都是断枝杂草，火石我带着，想要放火，着实不难。今夜无风，想靠烟把他们熏出来，也没啥可能。不过兄弟，你看，这观门虽说结实，可说到底还是木头做的，只要放把大火，这观门肯定给烧成焦灰了，那就挡不了我们的去路啦！”

“哼，该死的，我早就说过，其实我聪明得很。”圆脸汉觉得办法的确是自己想出来的，得意扬扬起来。

两人说干就干，立刻开始着手捡断枝、割杂草，不一会儿，观门口就堆放了一大堆断枝杂草了。方脸汉掏出火石，点燃了几根杂草。

星星之火，可以燎原。火在这堆断枝杂草里越烧越旺，两人还不断地往火堆里添树枝、杂草。不一会儿，观门口已是火光冲天了。

杨仲坐在一块大石头上，先是平静地吃着面条，听着门外的人用刀乱砍观门的声响。然而在看到这冲天的火光后，他慌得手足无措，碗筷都握不稳，掉在了地上。

他心里很明白，照这个架势，观门被火烧成一块焦炭是迟早的事情。现在已经不是有没有危险的问题了，危险正在慢慢逼近，两个恶汉破门而入，为非作歹，只是个时间问题。

门外两人虽蠢，可杨仲深知就算豁出命去，也打杀不过两人，不过是白白赔上一条性命。但又不能就这么坐在观里等死。

与其坐以待毙，不如好好想想办法。杨仲一想到东瓦房里的袁玉符，就觉得心中的勇气永不会灭，取之不尽、用之不竭。

可放眼整个观中，没有任何东西可以抵挡得住这熊熊烈火。无论用什么东西去堵住大门，最终都会被大火所吞噬。

这可怎么办！

火越烧越旺，观门已经被烧得摇摇欲坠。

就在这时，杨仲感觉到有人从背后抱住自己，对方的身体紧紧贴着他的后背，双手死死扣在他的腰前。

是袁姑娘。

他的心怦然而动，然后他松开玉符还显稚嫩的小手。转过身，将玉符抱在怀里。

“我们……我们……”玉符不想看观门口的熊熊烈火，只是把头埋在杨仲的怀里。

杨仲这才感觉到，玉符并不像她平日里表现得那般天不怕地不怕。她的独立、她的倔强、她的狡黠，不过是为了掩饰她的孤独、她的脆弱、她的无助。她一无所有，所以才更想显得一应俱全。

“早知道今天……我……我真后悔，最后也只是为你做了碗面而已。”

杨仲感到胸口渐渐湿润了，然后是玉符的啜泣声。“不会是最后，今天，绝不是最后。”他放开怀里的玉符，转过身注视着鬼魅般的火焰。

一定会有办法的，今天绝不会是“最后”！

火，可恶的火。它不断吞噬着观门，就好像不断吞噬着杨仲和玉符心中的希望。燃烧殆尽，就是彻底绝望的时刻。杨仲仿佛可以看见门外两个恶汉正满脸狞笑地看着这大火，养精蓄锐等待着即将要进行的杀戮。

等一下……火……火……火！

对，火！

杨仲猛然顿悟——大火一刻不熄灭，门外的两个恶汉就进不了莫愁观。所以，根本无须挡住这熊熊烈火，而是应该不断往火里加柴、加杂草，加所有可以燃烧的东西。

大火就是希望，只要大火不灭，他们就是安全的。

想通了这一点，杨仲赶忙指挥玉符道：“快，快把八卦和两仪叫出来，你们三个把所有能烧的东西都递给我，我们要不断地往大火里扔，快，快！”

玉符何等聪明，只是略一愣神，立即想通了其中缘故。她坚定地点点头，跑进东瓦房，叫出了两个孩子，吩咐他们去柴房把所有的柴火都搬过来。她自己帮着杨仲，将园子里的断枝、树叶、杂草，攒成一堆。待两个孩子把柴火都搬了过来，她们又将所有柴火都加在那堆树叶杂草上，将它们点燃。不一会儿，观门内外都燃起了大火。

为了多拖延一阵，杨仲和玉符把观里所有的木雕都搬到了观门前，待火势转微，便将那些木雕扔进火海，加强火势。

人们怀抱着虔诚的心雕塑的这些神仙，总算也不负神仙之名，确确实实地救人性命。

门口两名百夷大汉，原本见观门已被烧毁，心中欣喜不已。可谁知他们用火打开了一扇大门后，迎接他们的是门内更猛的火海。

这是他们始料未及的状况，顿时都傻了眼。

“该死的，大哥，这可如何是好！？”圆脸汉瞅着眼前跳动的火苗，心里也急得着了火似的。

“他奶奶的，你给我闭嘴。我正在想辙呢。”方脸汉怒吼一声，他的心中着实郁闷。

大火一直烧到了戌时二刻，莫愁观里能烧的东西，几乎消耗殆尽了。火势越来越小，玉符将一捆衣服、被褥搬到了杨仲身边，她轻声对他说道：“这是最后一捆能烧的东西了。”

杨仲的脸被大火染成了红色，他沉默不语，只是将这最后的希望丢进了火海。

火势又旺了起来，方脸汉见在眼里，只觉得好像这火永远也不会灭一般。他朝着火里狠狠吐了口痰，对圆脸汉说道：“该死的，我早就说过你这办法不行，你非不听。妈的，白白浪费了那么久的时间。”

圆脸汉本就心情不好，见方脸汉把屎盆子都往他头上扣，心中更加不爽，立刻暴跳如雷道：“该死的，我几时想过这倒了八辈子血霉的办法！”

“算了，别吵了。看来今日想要进得这观里去，是办不到了。我们也别在这里耽搁时间了，还是换个地方，再做打算……”

方脸汉正这么说着，只觉得脸上突然被一滴水点了一下，凉凉的。紧接着又是一滴，然后是第三滴、第四滴、第五滴……数不清的水滴淋在身体上，他不敢置信地仰起头——月亮被乌云遮住，雨越下越大，渐成滂沱之势。

天助我也！

他停下了本要离去的脚步，身边的圆脸汉也是一脸的兴奋。

看来今晚，注定要在这莫愁观里大杀一番了！

雨幕里，和两个百夷大汉从绝望到重燃杀戮欲望正好相反，杨仲和玉符的希望，被大雨彻底浇灭。

原本的熊熊火势，在大雨里越来越小。只需再过片刻，这堆火就会彻底熄灭，那两个恶汉便会冲进观里。

再也没有办法，再也无法抵抗。

杨仲紧紧拉住玉符的手，玉符紧紧抱着两个孩子。他们四人，就好像四座雕塑一样，站在雨里，静静地等待火熄灭的那一刻。

很快，他们等到了这一刻。四下都很安静，空气里充满了刺鼻的焦味。他们四人都看见，十步之外，站着两个百夷族打扮的恶汉。

他们两人有着饿狼一样的眸子和两柄寒光闪闪的大刀。

玉符吓得直哆嗦，杨仲也被这强烈的恐惧压迫得说不出话来。

平静只维持了那么一小会儿，那两个恶汉就提刀冲了过来。

杨仲闭起眼睛，他知道，一切都完了。唯一聊以安慰的是，他最终会和玉符死在一起。

“袁姑娘，我……”他原本想说“我爱你”，可话还没说出口，只听得“啊啊”两声惨叫，是两个恶汉发出的。他倏地睁开眼睛，看见两人倒在面前，刀和扛在肩上的两个“包袱”都掉在了地上，发出痛苦的哀号，却怎么也站不起来了。

刚才那电光火石的一瞬间，究竟发生了什么？杨仲正想不明白的时候，只听得一个熟悉的声音——“仲弟、符妹，你们俩没事吧。”

是少爷！是少爷！杨仲大喜过望，他看见少爷正踏着一片烧焦的废墟疾步而来。

可……凭少爷的本事，怎么可能那么干净利落地把这两个恶汉打倒在地呢？

杨仲突然感到，他和玉符的身后，似乎多了一个人。他猛然转过头去，看见了一脸肃杀之色的胡古月。

就在杨仲愣神的时候，杨冲已经几个箭步来到百夷大汉身边，将一个“床幔包袱”打开，见是昏迷不醒的无瑕。再打开另一个“被子包袱”，见到了一个乱发遮面的姑娘。

这姑娘，想必就是他的未婚妻林黛玉了。

“胡……胡公子！？”这下杨仲摸不着头脑了，胡公子和少爷，怎么会出现在这里的？

“小哥，大敌当前，闲话休叙。”胡古月手上并没有武器，却好像随时都可以置人死地一般，他一脚踏在圆脸汉的胸口，指着东瓦房说道，“你们先去那屋子里休息。之后的事情，就交给我和杨兄便可。”

杨仲朝少爷看了一眼，见少爷朝自己点点头，便也点头回应。而后，他和玉符一人背着一位昏迷的姑娘，带着两个孩子，往东瓦房去了。

待杨仲一干人等走后，胡古月往圆脸汉胸口重重踏了一脚。圆脸汉只觉胸口的骨头都已裂了，痛不可当。

“说！是谁派你们来的！”胡古月又重重踏了一脚方脸

汉，那大汉立刻吐出一口鲜血。

“他奶奶的，你……你有种的就杀了我们哥俩吧！”方脸汉愤怒至极，可毕竟奇痛无比，所以声音甚是微弱。他说罢这句，竟然熬不住疼，一时昏厥过去。

“该死的，他奶奶的，反正是死，不如老子咬舌自尽死了个痛快。待我转世投胎，就又能喝酒吃肉啦。”圆脸汉连求死都不耐烦。他正待咬舌，只感到身体一软，眼前一黑，便晕了过去。

“想死？呵呵，可没那么容易。”胡古月收回点穴的手指。

“胡兄，我看这两个恶汉虽说粗莽，但也是硬气的汉子，就算你施以酷刑，只怕也很难打开他们的嘴来。不如先将他二人绑了，小的……不不，卑职有个法子，或许可得奇效。”

“哦？”胡古月心中不免好奇起来，锦衣卫审讯，向来是奉行严刑拷打的标准化流程。他们坚信把诏狱里的手段都使上一遍，就是死人也能开口招供。不过如今听这杨千户的意思，似乎不用上刑也能撬开两大汉的嘴来，心里也怪痒痒的，想瞧个究竟。于是他从袖袋里抽出两根麻绳，和杨冲一起将两个汉子绑了。

“杨千户，你准备什么时候开始审呢？”胡古月问道。

“现在。”杨冲从容回答道。

“哦？那……那可要做什么准备？”胡古月追问。

“不需要做任何准备。”杨冲掏出两块丝绸手帕，微笑着说道，“只需要这两块手帕，足矣。”

十八 审讯

瓢泼大雨此时已变成了绵绵细雨。

胡古月背着手站在雨里，只见杨冲用两块手帕蒙住了两个大汉的眼睛。然后杨冲朝胡古月作了一揖道："大人，卑职想劳烦您些许小事。"

"你我之间，何出此言。杨兄，我虽是你的上司，却视你如兄弟一般。以后我们不必拘束，可以兄弟相称。"胡古月隐约感觉，杨冲身上总透着一股神秘，他的思路往往出人意料、与众不同。所以，为了收服此人成为自己的智囊，古月打算恩威并施。

"卑职……哦，小弟想劳烦胡兄，将此二人弄醒。"

胡古月照着办了，两名大汉悠悠醒来。

"该死的，这是怎么回事！？怎么把老子的眼睛给蒙起来了。"圆脸汉一醒过来，就开始聒噪。

"你们汉人就是阴险，有什么酷刑就招呼着上吧，老子绝对不会怕的！我是不会叫刀姑娘小瞧我的！"方脸汉始终对"刀姑娘"念念不忘。

"你们两个给我听好了，我既不会对你们用刑，也不会向你们逼供，如果你们什么都不愿意说，我会直接送你们去锦衣卫的诏狱。不过我在这里向你们保证，即使你们两个去了诏狱，我们胡大人也会下令那里的看守，绝不会对你们用刑。”杨冲笑盈盈地说道。

胡古月心中不免失望，他原以为杨冲是有什么高明的手段要施展，不想却只是稀松平常的怀柔策略。

“哼，我才不信真有这种好事。你这狗屁汉人，不要用这甜言蜜语来哄骗我们，我们心里明白得很。你现在答应我们的事情，都是放屁，现在就算我招了，一样会被送进你们的诏狱，被折磨得死去活来的。”方脸汉把头扭到一边，显得颇为执拗。

“就是就是，我大哥说得对。你们汉人都该死，说话从来不算话。”圆脸汉在一旁附和。

“哎，两位，你们听我说完嘛！”杨冲略想了一下，说道，“我这么和你们说吧，刚才我和这位胡大人商量过了，我们也懒得打你们，也懒得审你们了。我们也明白得很，你们百夷人最重情义，是绝对不会出卖自己人的。所以呢，我们审了也白审，不如就不审。”

这下两个大汉有些无言以对，他们总不能说——我们不重情义，我们会背叛，你快来审我们吧。

见这两个家伙不说话，杨冲知道这两条鱼儿上钩了。他咳嗽一声，继续道：“虽说是不审你们，叫你们免受了皮肉之苦。可你们刚才企图杀害我们汉人，还绑架了两位小姐，却是不争的事实。所以我们胡大人决定，把你们在诏狱关个三十年，也就算了。这三十年呢，不准任何人和你们说话，每天三顿吃青菜萝卜，别的罪，倒是也不用受了。”

“什么！？三十年！？”方脸汉一听，心里就打起了小九九，想：三十年之后，刀姑娘都老得不像样了，就算我从监狱里出来了，又有什么用呢？

“真的顿顿都是该死的青菜萝卜！？”圆脸汉满脸不高兴，他以为杨冲说的都是真的，这下可急了，“还不准别人和我说话，他奶奶的，这还不得活活憋死！？”

方脸汉正待叫苦，转念一想却又不对，道：“兄弟，别着了他们汉人的道了。就算关上三十年，受尽各种痛苦，那又有啥可怕的。咱们随便找个机会，要么咬舌，要么撞墙，一死了之，不就完了嘛！”

胡古月听在耳中，心想，这两个大汉如此刚烈，你杨冲的恐吓策略，也失败了。

谁知杨冲不但不气馁，反而笑了笑，好像一切如他所料一般。

“嗯，两位果然都是忠肝义胆的好汉，在下好生佩服。这样吧，在下是真的佩服两位，所以给两位出个主意。原本呢，我不打算向你们问话，打算直接关你们俩三十年的。现在呢，我还是想给你们一个答话的权利。你们放心，我说了，我不会用刑。你们两个，谁自愿想和我聊聊的，就站起来，跟我们走进大殿，就行了。”

胡古月失望不已，想这杨冲真是黔驴技穷了，如今破罐子破摔，开始撞大运了。

“不过呢，我给你们加几个条件，你们听好了。”杨冲走过去，往两名大汉的肩上一人拍了一下，才道，“现在，我先用破布塞住你们的嘴。”他从地上捡起两块破布，塞住了两人的嘴，“然后呢，我给你们三个选择：第一，如果你们两个人都保持沉默，那刚才我已经说过了，我们会把你们两个在诏狱里面关上三十年，顿顿青菜萝卜，还不准别人和你们说话。这第二呢，如果你们中有一个人招了，而另一个没招。那么招了的那个，我今天就放你走人，如若食言，我遭天打雷劈。”

两个大汉听到这里，都是心中一凛。胡古月也倒抽一口冷气，不知这杨冲葫芦里卖的什么药。

“可要是只有一个人招了，招了的那个，固然是有条生路可走。可不招的那个，那可就惨了，咱们诏狱里的一百零八种酷刑，每样都得尝一遍。有挖眼啊、割鼻啊、抽骨啊、扒皮啊……那滋味，绝对是生不如死啊！”

胡古月开始觉得，之前把杨冲想得太过简单了。

“还有啊，两位。这第三嘛，你们可以都招。不过我可不建议你们这么做。因为如果你们两个都招供了，就说明你们百夷人并不是什么好汉，那我也就不佩服你们了。我失望之余，就会把你们俩同时关进诏狱，还是顿顿青菜萝卜，还是不准任何人和你们说话。也不久，才五十年而已。”

此时雨已完全停了，胡古月听完杨冲给两名大汉的三个选项，心中大惑不解。因为在胡古月看来，就连傻子都知道，这两人最好的选择，就是都咬紧牙关不招供。这样的话，他们虽然每顿青菜萝卜，还没人陪他们说话，但却可以不受酷刑，且只需要被关三十年。

三十年当然不短，可如果两人都招了，同样的条件，却要关五十年。

当然，这两人中也有可能会有人招的。毕竟如果一人招了还有另一人没招，那就可以轻松拍拍屁股走人了，留下另外一个兄弟在诏狱里受苦受难。但是因为两人都是这么想的，所以很有可能变成两个人同时招供，那就变成了最恶劣的都被关五十年。

所以，在胡古月看来，这两个大汉的选择，一定是死死咬住，什么话都不说。

可仅仅过了半炷香的工夫，那方脸汉便站了起来。杨冲快步走到他跟前，附耳说道："这位兄弟，看来你已经想通了，请随我到大殿来。"

那方脸汉点点头，被杨冲扶着，绕着空地走了几圈。然后杨冲又将他按在原来的椅子上坐了，口中却说："这位兄弟，现在你已经在道观大厅了。我将你嘴里的破布摘下，你有什么想说的，尽管和我谈谈。"说罢，他伸手将方脸汉嘴里的破布摘了下来。

"我如果招了，你们真的会遵守诺言，放我走吗？"方脸汉小心翼翼地问道。

"如果只有你一个人招供了，而你同伴没有招供，那我自然是一言九鼎的。别忘了，刚才我可发了毒誓呢。"杨冲不急不缓地说道。

"好，我告诉你吧。"方脸汉刚才心里盘算了一阵，如今已下定了决心，道，"我们是麓川土司的奴隶，奉骚狐狸的命前来捉拿大明公主的。"

"骚狐狸？是苏晓晓吗？"杨冲问道。

"就是她！她说大明公主看不起咱们百夷人，拒绝了土司的要求，要我们捉公主回去给土司和她的什么教主。他奶奶的，这骚货，真他奶奶的……"

方脸汉本来还想发一通议论，杨冲直接打断，问道："可你们既然是麓川土司的奴隶，却又为何要听命于弥勒教的妖女苏晓晓呢？"

"那是因为，神明一般的土司大人已经决定和弥勒教的教主联手了！土司大人命令我们要听命于苏晓晓，我们自然要遵守他的命令。"方脸汉每每提及土司，总是一脸的崇拜之情。

“哦……所以说，你们俩就是麓川土司派到江南来，给苏晓晓做帮手的，对不对？”

“对，没错。土司说了，只要和弥勒教联手，就可以杀了你们汉人的皇帝，抢走你们汉人的女人。日后他不但是我们百夷人的土司，也会是你们汉人的土司。”方脸汉一脸骄傲地说道，完全忘了此刻自己已是个阶下囚。

杨冲瞟到那圆脸汉早已按捺不住，站起来想要说话。于是，他把手里的那团破布重新塞回到方脸汉口中，紧接着扯下了圆脸汉口中的破布。

事到如今，胡古月总算弄懂了杨冲此计的精妙之处。

对于方脸汉来说，只有两种情况。

第一种，如果圆脸汉开口招供。那么，方脸汉若是不招供，就会受一百零八种酷刑之苦，而圆脸汉则会被当场释放。而方脸汉若是也招供，则两人都要被关五十年。无论如何，两人都关五十年总强过他一个人生不如死。所以，在这种情况下，方脸汉就必须选择招供。

第二种，如果圆脸汉没有开口招供，那么，方脸汉若是也不招供，两人就会被关三十年之久。但若方脸汉招供了，则圆脸汉一人受苦即可，他则可获得当场释放的过程。

同样的，对于圆脸汉来说，也是面临这两种情况。

但问题的关键是，他们双方都不能交谈，又看不见对方。因此他们只能进入上述的两种情况，进行选择。选择的结果，必然是“需要招供”。

方脸汉显然是更早想通了这一点，因此，他率先招供了。

杨冲的计策更精妙的地方在于——他让方脸汉在同伙面前，直接招供。那么，对于圆脸汉来说，由于方脸汉的招供，是他亲耳听到的。因此，圆脸汉如果不想单独去尝试一百零八种酷刑，就必须也马上招供。

果不其然，现在圆脸汉一听方脸汉一五一十地全部都招供出来，立即忍不住了，也站了起来，想要招供。而只要这两人都招供了，那么按照杨冲之前说的规则，这两人都得被关五十年之久。虽然每一步他们都做出了最好的选择，可得到的却是最坏的局面。

胡古月这才彻底为杨冲的聪明才智所折服，认定了杨冲乃不世出的奇才。他这个古代人哪里会知道，杨冲只是利用了现代很多高中生都懂的“囚徒困境”原理。

圆脸汉刚被扯下破布，立刻就破口大骂道：“该死的王八蛋，枉我叫你大哥那么多年，没想到你竟然是这等无耻之徒！”

“哎，给你说话可不是让你骂人的。你到底招不招，如果不招的话，胡大人现在可就要送你去诏狱试验新刑具了啊。”杨冲这次比圆脸汉还要不耐烦。

圆脸汉拼命点头道：“我招，我招，我全招。”

“刚才他说的话，你可还有补充的？”杨冲问道。

“有。我们两个不单单是派来替苏晓晓抓捕公主的。而且，我们两个还有一个任务，就是要杀死苗族势力头目的女儿阿兰朵……”他急于招供，被口水呛了一口，拼命咳嗽起来。

“阿兰朵？难不成是……”杨冲凝眉一想，正待追问，只听得空中“嗖嗖嗖嗖”四声，有四枚寒光闪闪的东西径直飞来。

胡古月嘴里喊声“小心飞镖”，身子一避，躲开了射向自己的那枚。又飞身踢开了射向杨冲的那枚。虽说他的身手已敏捷至极，可毕竟飞镖数量实在太多，应接不暇。那两个大汉都被飞镖射中，先是痛苦地抽搐一番，然后脸色变成了黑色，眼珠迸出而亡。

“这飞镖上淬着剧毒。”胡古月瞧都不瞧地上的两具尸体，而是警惕地扫视四周，“如若不是方才杨兄你的妙计引人入胜，我早就能察觉到发镖之人潜在高墙之上的。”古月说着，放松下来，无不懊恼地说道，“如今被人杀人灭口，还让那人就这么逃了，实在是……哎……”

“胡兄，我看我们最好还是进东瓦房里瞧上一瞧，毕竟那一屋子，昏的昏、弱的弱，都需要照顾。而且……而且我很在意，东瓦房里的那个苗族姑娘，是否就是他们口中的阿兰朵。”杨冲嘴上就说了这么多，可心中还是补了一句——“况且，我也很想仔细瞧瞧，我那未婚妻林大美人，究竟长的什么模样。”

十九　同骑

一匹骏马在夜色中飞驰。

那马全身雪白，马鞍、脚镫都是烂银打就。踏着一路月光，马蹄声清脆悦耳、错落有致，令人不免想到“大珠小珠落玉盘”。鞍上那人，身材清瘦娇小，虽说既穿着夜行服又蒙着面，可单从身型上来判断，便知是女儿身。

就在一炷香的工夫之前，她干脆利落地射出四枚毒镖，结果不出她所料，那两个大汉一命呜呼，而胡古月和杨冲却安然无恙。

胡古月的反应如此敏捷，既能自保又能保护杨冲，这是黑衣人始料未及的。可就算胡古月反应异常迟钝，他和杨冲也不会中镖——黑衣人根本没打算下杀手，只是想吓唬吓唬他们，因此故意射得偏了些。

“刀姑娘，嘻嘻，你这是要赶去哪里啊？”

途径一片小树林时，黑衣人忽听得这么一声，当下心里一惊，勒住缰绳，让白马徐徐而行。她环顾四周，并竖起耳朵仔细感受周遭的动静。一旦发现声音的来源，立即准备出镖将其射杀。

“刀美人，嘻嘻嘻嘻，我在这里啊！”那是个滑稽猥琐的男人的声音。

这被称为“刀姑娘”的黑衣人，对自己的武功颇为自信。在如此寂静的时刻，莫说对方是这般大声喊叫，就是喘息声重了些，她也能准确地判断出对方所在的位置。

可现在，对方一路如此肆无忌惮地高声叫嚷，甚至还带些调戏的意味，她却遍寻不着其踪影，束手无策。

她现在唯一可以庆幸的是，对方十有八九不是敌人，否则对方若是要突施冷箭暗算她，只怕是轻而易举。

正这么想着，只觉得白马身体一沉，背后已多了一人端坐于马鞍之上。

刀姑娘惊恐地扭过头去，见到的是一张令人作呕却颇为熟悉的面孔。

那人一身粗麻衣服，是农户打扮。他身材矮小瘦弱，倒三角眼配上山羊胡子，透出一股子说不出的怪异。他的相貌原也算不得极丑，可在下巴处偏生了一颗极大的肉瘤，便令人十分恶心了。

“原来是武潘安大哥，好久不见啊。”刀姑娘用脆生生的嗓音寒暄道。

真是天下奇闻，这么丑陋的男子，竟然叫作“潘安”！自古女子的如意郎君，便是要满足“潘驴邓小闲”五样。这“潘”，便是指拥有“古今第一美男”潘安之貌。

特别说明一下，这里的“潘安”指的是西晋文学家潘岳，而绝不是眼前这只丑到别人绝不想多看一眼的癞蛤蟆。

“嘻嘻，好久不见，你有没有想你武大哥啊。”潘安说着，把嘴凑到了刀姑娘的耳边。

刀姑娘立刻就闻到了一股浓烈的口臭之气，她强忍住呕吐的冲动，勉强笑道："想啊，当然是想啊。"

"哦？想我什么？"武潘安抚摸着刀姑娘，淫笑道。

刀姑娘奋力挣扎道："好哥哥，你就饶了我吧。我年纪还小，可经受不了你这手段。"

伴着口臭，武潘安在刀姑娘的耳鬓厮磨，道："那哥哥晚上可寂寞得很啊！"

刀姑娘突然灵机一动，道："好哥哥，你好心急啊。虽说妹子我长得倒也算标致，可我未经人事，就算我想好好侍奉哥哥，只怕是……是……哎哟，人家怕羞，说不出口。"

武潘安本来淫念大起，想就地要了这小妮子。不过刚才听她这么一说，倒是心里冷了许多。他虽是淫邪之徒，可却最不喜欢处子。

"好哥哥，你可知道咱南京城里，第一美人是谁吗？"刀姑娘见武潘安有些萎顿，立即抛出诱饵。

"嗨，不就是那个林黛玉嘛。"武潘安语气颇为不屑，"这小娘们……嘻嘻，总之，这小娘们也不过如此。"

刀姑娘听得出他话中另有深意，却欲言又止，显然是不想与外人道。反正也无关紧要，她索性识趣不问，只假装惊讶道："人人都说'探花郎'武潘安对天下美女了如指掌，没想到竟然知道的尽是些老皇历。"

武潘安的外号其实是"采花贼"，刀姑娘曲意奉承，故意说是"探花郎"。

"你放屁，老子虽不敢说对天下美女都了若指掌，可这南京城里的俏妞们，老子可是如数家珍。南京城里第一美女，不是林家大小姐，却是哪个？"武潘安停止了对刀姑娘的骚扰，不服气地说道。

"若解多情寻晓晓，花柳深处是苏家。"刀姑娘说完微微一笑，“这江南第一名妓苏晓晓的名号，你总不会没有听说过吧。”

“这自然是听说过。怎么，这小骚货在咱南京城？”武潘安浑身一颤，道。

“她在咱们这南京城里，待了只怕已有一个月了。”刀姑娘知道武潘安已然上钩，故意讥讽道，“我瞧那苏晓晓，莫说是江南第一名妓，就赞为天下第一美人，也绝无不可。你堂堂‘探花郎’，却连‘花魁’都没有探过，真不知道你这些年，在混些什么。”

“这……”武潘安有些哑口无言，旋即咳嗽一声，问道，“她既是个妓女，那大爷我有的是钱，又何愁探不了她这朵花？”

“早几日，你说这个话，妹子我倒也无话可说。苏晓晓的花船日夜泊在秦淮河畔，唤作‘同心舫’。你出得起钱，当然就可以上船。”刀姑娘说到这里，故意叹息一声，道，“哎，可惜啊，可惜。”

“可惜？此话怎讲？”武潘安不解地问道。

“只可惜啊，如今这‘同心舫’里，早就空空荡荡，美人不在啦。”刀姑娘重重叹了口气，摇头道。

“这……这倒是果真可惜。”武潘安失望之情溢于言表，“不知有何人知晓这美人的踪影，哎……”

“听武大哥的口气，若是有人告诉你这美人的去处，你必有厚报？”刀姑娘借着他的话，引出自己想说的话。

其实武潘安本也没有想过“必有厚报”云云，只是被刀姑娘这么一说，有些“话赶话”似的说道：“那是自然，我武潘安虽是个好色之人，可最重义气。若有人告诉我那苏晓晓在何处，我自然少不了他的好处。”

“哈哈，等的就是武大哥你这句话了。”刀姑娘大笑一声，道，“实不相瞒，这普天之下，知晓苏姑娘去处的，唯我一人。”

她此话言罢，便狠狠往马肚子上抽了一鞭。白马立即飞奔起来。

“刀姑娘，你这心急火燎的，是要带哥哥我去哪儿啊？”武潘安虽说嘴上在问，可心中早已猜到了八九分。

“呵呵，武大哥何必明知故问。大哥你晚来寂寞，苏姑娘又独守空闺。你说，我们这是要去哪儿啊？”

“天下可没这等便宜事。”武潘安知道这丫头素来鬼得很，暗自提防别着了她的道，“这不明不白的，我可不和你走。”

“好，武大哥是豪爽之人，小妹我也就有话直说了。”刀姑娘又抽了一鞭，道，“我要你帮我除掉一个人。”

“此事容易，你快把那倒霉鬼的名字报给本大爷听了。”武潘安虽然相貌丑陋，但武功高强。故而他一听交易的内容是要他做杀手，便自信满满起来。

“此人姓胡，名古月。你明日去城中‘风满楼’客栈便能寻到他。”刀姑娘此人也是奇怪，方才在莫愁观里，她明明有机会出手杀害胡古月的，却故意射偏。如今才过没多久，她就立即变了主意，以苏晓晓的美色相诱，找来武潘安做杀手，要除掉胡古月。真不知道她打的什么算盘。

“胡师弟！？”一听要杀之人是胡古月，武潘安立即有些心虚起来，“刀姑娘，你可知道这胡古月的来历吗？”

刀姑娘知道他还有话说，故而也不搭腔。

“大约是十年之前，那时，我还在伏牛山上跟着‘南阳老君’韩满韬学习武艺。有一日，这姓胡的小子被送上山来，也就八九岁的光景吧。我瞧他那身打扮，该是个世家公子。你也知道，一般来说，上山拜师学武艺的，都是像我这样穷苦出身的，哪有像他这般细皮嫩肉的。”

刀姑娘想到自己的身世，想说些什么，可为了免生枝节，她话到嘴边还是咽了回去。

“渐渐的，我发觉师父非常偏心。虽说胡古月是小师弟。但师父很多时候，是单独指点他的。我们别的师兄弟，可没有这样的待遇。再到后来，师父更加过分，很多招式只传给胡古月，我们却是不让学的。真不知道这小子除了家里有钱，还有什么东西能叫师父看上。可说起来，我师父又不是个贪财之辈……算了算了，总之，这姓胡的小子武功不弱。”

“哦？如此说来，胡古月的武功在你之上，你没有必杀的把握了？”蒙面布下，刀姑娘的脸上一丝诡谲的笑容稍纵即逝。

“可以这么说，不过若真打斗起来，我和他算是在伯仲之间吧。”武潘安嘴上虽这么说，可心里着实没底。自他偷了师父的“点穴秘籍”偷偷下山之后，就再也没有见过这位小师弟，也不知道他如今武艺究竟到了何种程度。不过他自信这些年来，他武艺已大有进步，习武的年头又比胡古月多了整整十年，就这么计算来计算去，不断暗示自己会赢，但担心自己会输的念头却如同不倒翁一般，按下去就站起来，不可遏制。

“原来如此。”刀姑娘一勒缰绳，白马停在了一间破旧的农舍前。

“就是这儿？”武潘安难以相信。

“不错，就是这里。”刀姑娘提鞭下马。

“你说天下第一美人苏晓晓，就在这座破草房里！？”武潘安纵身一跃，然后飘然落地。

话音才落，只见农舍的柴门被人推开，走出了一个俏村姑来。

武潘安一瞧见这俏村姑，立即就把什么都抛在脑后了，施展轻功急吼吼来到村姑面前，一把将她抱住，又亲又啃。亲热了一会儿，他才觉得有些不太对头——这村姑俏则俏矣，却还当不起“天下第一美人”六个字。

“武大哥，这不过是苏姑娘使唤的丫头东儿罢了。”刀姑娘轻声笑道，“不过要是你也喜欢，叫她们主仆二人一齐伺候您，也未尝不可啊！”

武潘安听闻此言，乐不可支。忽听得农舍中有人柔声唤道：“门外是谁在喧哗。东儿，你快些进来。我才洗完澡，还没穿衣裳呢。”

这声音自有一股勾魂夺魄的力量。

武潘安再也无法忍耐，丢下东儿，扯开柴门正打算冲进农舍。刀姑娘抢身挡住了他的去路。

“怎么，小丫头，你若打算也凑个热闹，可得把这身夜行服脱了。”武潘安咧嘴大笑，露出满口黄牙。

“武大哥，您还没答应妹妹的条件呢。”刀姑娘倚住门框，抬腿抵住另一边门框。

“东儿，你怎么还不进来，我一丝不挂，冷着呢。”农舍里传来如此香艳的一句。

武潘安再无犹豫，把胸脯一拍道：“师兄杀师弟，有什么难的。胡古月的小命，包在本大爷身上了。”

“好！武大哥，请吧。”刀姑娘放下腿，让开身子。

武潘安“哈哈哈哈”一阵浪笑，将东儿一把抱起，嘴里喊着“小娘子，我来啦”，便踏入了农舍之中。

二十 夜谈

自袁玉符住进莫愁观以来，观里还从未如此有人气过。

经历了一场大火和一场大雨，八卦和两仪早就累得筋疲力尽，在草堆上酣然入睡。杨冲问了玉符，得知所有的被褥在刚才都给烧完了，只好将原本裹住林黛玉的被子盖在两个孩子身上。玉符架起一堆火，使屋子里暖和一些。

“符妹，我看今晚你就带着这两个孩子去我家住吧。”杨冲不想吵醒孩子，故而压低声音，轻声说道，“还有这名苗族女子，总不见得将她一人丢在这里，也一并带了去。”

“是啊，符……呃……袁姑娘。”杨仲经过这一番劫难，自觉和玉符亲近了许多。本也想跟着少爷唤她做“符妹”，可总感觉有些别扭，还是叫“袁姑娘”习惯些。他见如今这莫愁观被两个大汉烧成了残垣焦壁，哪里还肯让心上人住在这里，所以立刻为少爷帮腔道，“少爷说得极是，你这次就不要推辞了，即使你不为自己考虑，也要为两个孩子考虑不是吗？”

“瞧你们这对主仆，一搭一唱的。嘿嘿，我几时说过我不愿意了？”玉符狡黠一笑，“不过我先声明，我算是借宿，会付房钱的。”

“袁姑娘，你这又是何苦……”杨仲刚想劝阻，却被少爷打断。

“也好，符妹，就照着你的意思办吧。”杨冲早就摸透了袁玉符的脾气，深知就算苦劝，她一样会坚持付房钱，不如省点力气。

其实杨冲心中还有别的小九九。他那未过门的娇妻林黛玉端坐在床边，虽说她涨红着脸，低着头不敢往他们三人这儿瞧，可杨冲知道他们说的每一句话，她都在侧耳倾听。若是杨冲邀请袁玉符太过殷勤，难保这林妹妹不会吃醋。

“可是……少爷……”杨仲吞吞吐吐的，想说话又不敢开口。

“仲弟。”杨冲拍拍书童的肩膀，意味深长地笑了笑，道，“事宽则圆，急难成效事。很多事情，需得一步步来。”

“是。”虽说杨仲还是半知不解，但他早已习惯了对少爷的无条件顺从，便不再说话了。

杨冲正待要调笑一番这对欢喜冤家，却听见床榻那头传来一句怯生生的话：“这位……这位就是袁姑娘吧。”

说话的，正是林黛玉。

“哎呀，瞧我瞧我，把我这大嫂给冷落在一边了。”玉符一拍脑袋，大眼睛“滴溜溜”一转，转而对杨冲说道，“冲哥，你这男人可真是差劲，光顾着自己披着大氅要威风，却不给我大嫂披上御御寒。”

“袁姑娘……我……我还没过门呢。”林黛玉听她一口一个“大嫂”，羞得满脸通红。

“那还不是迟早的事儿嘛，嘿嘿。”玉符说着，朝杨冲眨眨眼。

杨冲被玉符这么一闹，方才想到林黛玉衣衫穿得单薄，又淋过雨。她一个千金大小姐，身子骨娇弱得很。如今这屋子里虽说生着火，可毕竟还是有些寒意。他急忙脱下大氅，朝林黛玉走去，作势要给她披上。

“使不得！使不得！”林黛玉自小养在深闺，被灌输的都是些“男女授受不亲”的思想，此刻见陌生男人要靠近自己，一时也顾不得对方是就要拜堂成亲的未婚夫，吓得大叫起来。

杨冲料不到林黛玉的反应如此之大，只见她腾地从床上站了起来，吓得连连后退，加上她那披头散发的模样，就好像杨冲要对她施暴一般。

这情形让杨冲好生尴尬，他手提着大氅，还保留着要为什么人披上的姿势，却僵立着动弹不得了。

玉符见形势不对，眼珠一转，道：“哎哟，是我的不是。林姑娘替我奔走求药，我还未道谢。况且这莫愁观里，怎么说我也是主人，你们都是客人。哪有让客人招呼客人的道理。”她说话间已走到了杨冲身边，从他手中拿过大氅，走到黛玉身边，又道，“适才是小女子我说话孟浪了，不过嘛，杨秀才说我是‘年纪尚幼’，林大小姐，你就当是我童言无忌吧。”

玉符说起“年纪尚幼”四个字，叫杨冲又想起了前几日他们在测字摊前初次见面的情形。他心中不免唏嘘，想这才短短五日，竟发生了那么许多事。人生命运，实在叵测。

既已想到了测字摊，他继而又想到了那个“暗”字。当时玉符说“近日有音”，如今五日过去了，却毫无音信。

还是……其实“她”已经出现在我的周围，我却没有发觉呢？

想到这里，他不知为何朝林黛玉瞧去。恰见黛玉已披了大氅，正巧也朝杨冲这边偷偷瞄了一眼。两人四目相对的瞬间，各自收了目光，假装看向别处。

“袁姑娘，前日只听无瑕姐姐说起你的作为，只觉得你真是女中侠客。不怕你笑话，有一日做梦竟还梦见了你。梦中的你，银装素裹，骑匹白色骏马，手持宝剑于世间行侠仗义。如今见了，却不想……却不想……”林黛玉一时想不出合适词汇，咬着嘴唇干着急。

“却不想我不过是个鬼灵精怪的小丫头片子，嘿嘿。”玉符吐了吐舌头，笑了。

黛玉也笑。杨冲见她终于展了笑颜，心中对玉符真是有说不出的感激。

他见黛玉乱发遮住了半边脸庞，衣衫又多有破损。想来这美人邋遢之时，还是不看为妙。少看一眼，便是体恤她多一分。想到这里，他扭过头去，再也不瞧这林妹妹。

“哦，袁姑娘。你我交谈虽欢，却不可误了大事。”黛玉虽说如今几乎蓬头垢面，可言谈举止，还是尽显端庄贤淑，“你托……托无瑕筹的药材，如今已筹备妥当，明日我便差人送到杨府，交于你手。”

黛玉本想说“托杨相公”，可不知怎的，一想到此人心里就七上八下的，连提起他，都羞得不行。她转而又想说“托我”，但又觉得这话有些邀功请赏之嫌。她想反正筹药之事，其实全靠无瑕的妙计，自己也没能帮上什么忙，所以不如就替无瑕做个人情。

“那可太好了！”玉符一高兴，竟下意识地握住了杨仲的手，笑道，“这下可好了，这苗族姑娘算是有救了。”她转过头，朝杨仲看去。本以为他也会是一张高兴的笑脸，没想到杨仲满脸通红，傻愣愣地看着玉符握住他的那只小手。

玉符这才猛然发觉自己的失态，连忙抽回手，窘得声音都颤了：“呃……这……这……对了，林姑娘，你们‘回春堂’竟然在短短三日之内就筹齐了这么多珍贵药材，真不愧是江南药铺的龙头老大。”

黛玉先是自谦了一番，说是玉符抬举“回春堂”了。紧接着，她将无瑕的妙计一五一十地对三人说了，三人无不惊叹无瑕乃女中诸葛。

“说起无瑕……”杨冲在房里踱着步，“也不知道她在门外和胡兄谈得如何了。”

原来胡古月和无瑕两人在一炷香之前就已出了门去，说是有事要谈。杨冲知道两人身份，自然心中有数。玉符和杨仲不知内情，还道胡古月觊觎无瑕美色，是借谈事的幌子想结识她。黛玉急着回家，但见三人都执意要等无瑕和胡公子两人回来一道走，也不便提出要先行离开。

其实古月和无瑕两人，在月下漫步了许久，都并未开口。空气里蠕动着该说却没有说的许多话，无瑕不说话，是想等古月先开口；而古月不说话，是有太多太多话想说，一时不知从何说起。

该说的话，始终是要说的。古月终于停下脚步，朝无瑕深深一拜，道：“公主……我……”

“你不必说了，我很清楚你是谁。”无瑕的脸上始终是淡定从容的神情，即使刚刚才从一场劫难中脱险，她也仿佛毫无余悸一般，“你我虽没有这样面对面说过话，不过我心中有数，我一生都会在你的视线之中，而你一生也会永远相伴我左右。若不是今日这番变故，我们就会永远保持这种关系一直到其中一方死去。”

古月张张嘴，想说什么，又摇了摇头，将话咽了回去。

“想问什么，只管问便是了。”无瑕的眼神平和安然，直视着古月。

古月就好像一个大男孩般踢着脚下的小石块，好半天，才道："我那日在'同心舫'……我听见……呃……苏晓晓那妖女说……说……"

"她那日说了很多。"无瑕淡淡说道，"我不知道你听到了多少，我也不知道你还想听到多少。"

"我只想知道，公主你……究竟有没有……孩子……"古月好不容易，才把这句话说出了口。

"放肆！"无瑕平生第一次，端起了公主的架了，"你好大胆子，竟敢怀疑我有个孩子！？"

古月慌得单膝跪地，道："公主息怒！卑职一时糊涂，请公主恕罪。"

"你起来吧，我不是什么公主，只是个带发修行的尼姑罢了。"无瑕苦笑着摇了摇头，"也难怪你会怀疑，苏晓晓当时说我有一个孩子，我自己都感到震惊不已。后来她邀我进到内室密谈，我才知道这一切原来都是她们弥勒教的诡计。"

"哦？"古月站起身，疑惑不已，"卑职愚钝，还劳公主点拨。"

"都说了，胡公子，我不是什么公主。"无瑕背着手，仰望着空中那轮皓月，"弥勒教本想让我与麓川土司成婚，并过继土司的大儿子给我，算是我和土司的子嗣。如此一来，麓川土司的孩子便是大明正统血脉了。"

古月这才知晓，原来弥勒教如此处心积虑。他们勾结麓川土司，便有了兵马钱粮。再迫使无瑕与土司成婚，并安排了所谓的"子嗣"，那么，这个孩子便成了大明皇室血脉，也就有了发兵"靖难"的由头。

其心可诛，其行可憎！

"不过我很奇怪，今日他们派两名大汉前来捉我，简直是多此一举。若是果真无论如何都要逼我入伙，何不那日在‘同心舫’上，索性不放我走呢。”无瑕颦眉低语。

“是啊，其实卑职也很奇怪。照理来说，这两名大汉斗胆挟持公主来此，是为了与苏晓晓会合的。如今苏晓晓不曾出现，只好认为是收到了风声，知道我们会收拾了两名大汉，故而才销声匿迹。可究竟是谁通风报信的呢？卑职很在意刚才审讯时获知的那个‘刀姑娘’。看来这个‘刀姑娘’，极有可能就是通风报信之人。可这‘刀姑娘’究竟是何方神圣呢？”古月顿了顿，又道，“另有一事，我也十分在意。两名大汉提到了苗族头人之女，叫阿兰朵的。这阿兰朵似乎背负重要的秘密，以至于遭到追杀。这个秘密，不知道和我们有没有关系。最蹊跷的是，这两名杀手，竟然也是被人追杀的对象。他们两人追杀阿兰朵，我虽不知原因，却知道只是奉了土司的命令行事。可杀害他们两人的人，又是出于什么目的，又受了何人指使呢？”

“你慢慢想吧，这些事儿我不愿去想，也轮不到我想。”无瑕转过身，往东瓦房走去，“我累了，想来林妹妹也累了。我猜那杨秀才会将除了我、你、林妹妹之外的一干人等，都带回他杨家老宅去。胡公子，小尼有个请求，想请你送我和林妹妹回到林府。另外，劳烦胡公子告知手下的弟兄，日后对林府和我的掩瑕庵保护得更紧些。我和林妹妹，都不想再被人劫上一回。”

“卑职遵命！”胡古月听得无瑕话中有数落之意，抱愧领命。

两人说着，已走到了东瓦房门口。无瑕先推门进屋，古月紧随其后。

屋子里已被烤得很暖，玉符和杨仲在说些悄悄话。杨冲和黛玉一人在屋子的一角坐下，都低头不语。

“妹妹，你将那事与杨公子说了吗？”无瑕走到黛玉身畔，悄声问道。

黛玉浑身一颤，缓缓摇了摇头。

无瑕叹了口气，道：“如今只怕是已近亥时了，我看今日还是先回府歇息一晚，明日……明日我替你约他说吧。”

黛玉呆了一会儿，才轻轻点了两下头，算是同意了。

无瑕便又走到杨冲身边，悄声吩咐了几句。杨冲听了，先是一惊，正待要问，见无瑕使了个眼色，便将到嘴边的话又憋了回去。

“时候不早了，诸位，我们今晚就此别过，后会有期了。”胡古月见无瑕已将事情办妥，便带着她和黛玉先行告辞。

他并不知道，在百里之外的一家农舍里。久违的师兄武潘安正等着明日午时，来取他项上人头。

二十一 恶斗

正统十三年，二月十六日。

胡古月昨日亥时二刻才回到“风满楼”来，今日他直睡到午时方才醒来。梳洗过后，他下楼来到客栈大堂里，坐了张桌子，唤来小二，随意点了些酒肉，又要了碗馄饨当作午餐。

就在他喝着酒，等着小二上菜的时候，只听得客栈外有人喊道：“胡古月胡师弟可在里面？”

古月放下酒杯，细细辨认那声音。这声音既滑稽又猥琐，却是似曾相识，可就想不起来究竟是谁。

那声音又道：“胡师弟，你我阔别多年，今日在此处相聚，为何不速速出来相见啊？”

古月心想：此人称我为胡师弟，想必是伏牛山上一起拜师学武的师兄。我师兄中，谁人的声音如此滑稽猥琐的……难不成，是武潘安这个败类！？

“门外的可是武潘安武师兄吗？”古月沉住气，向那人喊道。

“嘻嘻嘻嘻，没想到胡师弟还记得我这默默无闻的师兄啊。”武潘安狞笑几声，“既然知道师兄驾到，为何还不快些滚出客栈啊！？”

好家伙，来者不善啊！胡古月已经确定武潘安今儿个是存心来找茬儿的，便回敬道：“既然知道自己只是个默默无闻的师兄，又为何不滚进客栈来见师弟呢？不过，武师兄你可真是太自谦了，你怎么能说是默默无闻呢，你‘采花贼’的雅号，可真是臭名昭著、臭不可闻啊！”

武潘安被胡古月当众奚落，勃然大怒。他“嗖”地一下蹿进客栈，一脚将一张饭桌踏得粉碎，大喝道，“姓胡的，你我往日无冤近日无仇，只因你得罪了我的朋友，今日我便要取你性命。到了阴间，你也不要埋怨你师兄才好。”

古月自斟自饮了一杯，笑道：“听说你偷了师父的武功秘籍，希望你已然将上面的武功练得炉火纯青，否则师兄如此丑陋的长相，就算是到了阴间，只怕也要将一干小鬼吓得不轻。”

“你休要在嘴上计较，带种的就和老子用拳脚说话。”武潘安说话间，已然摆开了架势。

古月毫无畏惧，依然自斟自饮，问道：“武师兄，在你我同门相斗之前，小弟想问上一句。我是得罪了你哪个朋友，又是因何事得罪于他，须得师兄如此以命相搏，非置我于死地不可？”

“嘻嘻嘻，小子，我朋友的名字尊贵得很，且轮不到你来问。不过你方才有一句话却说对了，今天本大爷，是非杀死你不可。”

“也罢也罢，既然你一心寻死，我也就不嫌脏了手，今日替师父清理门户了！”胡古月拍案而起，将一根筷子当作飞镖，射向武潘安。

这筷子在古月手中，顿时化作杀人利器，飞得“嗖嗖”带风，可见古月手上，劲道非常。

但武潘安也不含糊，他将头一偏，右手食指和中指只轻轻一夹，便夹住了筷子。他再一用力，那筷子便一折为二。他反手将两截筷子同时射向古月，一截攻其上盘，一截攻其下盘，直叫古月上下不能兼顾。

古月不慌不忙，抄起另一根筷子，上格下挡，将两截筷子击落在地。然后，他用筷子指着武潘安道："武师兄，你若现在告诉我是谁派你来的，我便放你一条生路。"

客栈中的众人见两位高手杀将起来，早就散作鸟兽各自逃命去了。

"谁赢谁输还不知道呢，你小子接招吧！"武潘安狂吼一声，朝古月冲来。

武潘安的如意算盘是佯攻胡古月的上三路，叫他将注意力都集中在护住胸口的命门，而后出其不意，攻其下盘。先将他踢翻在地，然后便可顺势使出擒拿功夫，将他制伏。

两人斗了三十多招，都是见招拆招，你来我往，各不相让。很多时候，同样的招式，你方使完，我又使出。只因二人师出同门，武功路数完全相同，故而知己知彼，缠斗不止。

古月见武潘安招招攻在上三路，虽看似凶猛，其实招招都留有余地，似在自保。他又见武潘安下盘走得小心翼翼，保得稳稳当当。他稍一琢磨，便明白武潘安上三路是佯攻，好叫人误以为是要直击命门。其实武潘安暗自打着猛踢古月脚踝，将其一招撂倒的算盘。

又斗了几个回合，古月见武潘安右脚已蠢蠢欲动，几次三番将攻未攻。他决定将计就计，引蛇出洞。于是，他故意在下盘处卖个破绽，装出一副要舍命直击武潘安心口的样子。

武潘安果然上当，他一见古月下盘似站立不稳，便飞出右脚，只击古月的左脚脚踝。不料古月使了一招“鹞子翻身”，反身使左脚踢在武潘安的右脚脚肚上。

武潘安惨叫一声，一时站立不稳。就在这一瞬间，古月使个摔跤功夫，将立足不稳的武潘安一下摔倒在地。还不等武潘安从地上站起来，古月已抢先一步封住了他的穴道，叫他动弹不得。

可怜武潘安，好似一只蛤蟆似的趴在地上，只得冲着胡古月干瞪眼。

古月俯下身，刚准备将此人提起，绑在柱子上慢慢审问，不料武潘安突然大喝一声，竟然自行冲开了穴道。

武潘安趁古月稍稍一愣，反身一脚，正中古月的胸口。古月当即喉头一甜，吐出几口鲜血。

“小师弟，虽说师父宠你，教了你许多独门招式。可却偏偏没有教你如何冲开穴道，你可知道为什么？因为这一招，就连师父都不会。我早就习会了师父秘籍上所有的武功，又自己悟出了如何冲开穴道。小师弟，我看你还是就此认输，我也好让你死得痛快些。”武潘安只觉胜券在握，狞笑道。

胡古月顾不得胸口痛处，他倒退几步，摆开架势，使个“御”字诀。那武潘安虽说先赢了一招，可也不敢轻举妄动。双方就此陷入了对峙。

武潘安心里暗暗盘算：胡古月的招式总超不出秘籍上的范畴，就算有几个独门绝招，最后不过也就是封住我的穴道罢了。我既然可以自行冲开穴道，那也就不惧他任何招式了。

胡古月知道今日之战，已是凶险异常。没想到这武潘安竟然如此厉害，先前是自己小瞧了他。原本来说，自己的武功应该高出他一招半式。可这家伙竟然能自行冲开穴道，那就算胜出一招半式，却也没用了。

古月可以封住武潘安无数次，却赢不了。武潘安只需封住古月一次，便能获胜。古月心中有数，照这架势，别说想制伏武潘安，就是想全身而退，都绝非易事。

武潘安一直在打量着胡古月，只等他稍一松懈，便出狠招，务求一击必胜。但胡古月防守甚为严密，武潘安迟迟寻不到破绽，故而只好继续与之对峙。

胡古月苦苦思索着破敌之策，突然，他灵光一闪：其实要封住他的行动，未必要靠点穴功夫。既然我在招式上可以胜他，就应该好好利用这唯一的优势，发挥到极限。

既已打定主意，古月撤开防守，摆出攻势。

武潘安见古月招式有变，本想做个防守，可转念一想，自己既然已不惧他的点穴功夫，又防个什么？于是，他也以攻对攻，丝毫不惧。

这正是古月求之不得的，他们两个又斗了二十余招，古月占了上风，使一招“仙人指路”，似要直戳武潘安双眼。武潘安下意识地伸出右手格挡，不料古月的手指划出一道诡异的弧线，绕过武潘安格挡的右手，狠狠地戳在其手肘的软肋处。武潘安顿感右手肘酸痛无比，稍一弯曲，便感酸软无力。

就在这当口，古月将武潘安右臂一提。武潘安的腋下立刻暴露在古月眼前。古月不敢耽搁，只因机会稍纵即逝。他将浑身力气集中在指上，狠击武潘安的右臂腋下。

武潘安只觉得右臂好似被人卸了一般，动弹不得。既已废了他的右手，就好像缴了他的械一般。他只有靠左手频频格挡，无法再做攻击。

古月一鼓作气，以同样的手法击打武潘安的左手肘、左臂腋下。如此，武潘安两手已废。古月见武潘安双脚顿地，显然是要施展轻功逃命。他当即飞出一脚，竟直将武潘安右脚胫骨踢碎。

至此，武潘安虽未被点中一个穴道，但在地上蜷缩成一团，哀号不已。

“采花贼，你快说，是谁派你来的！”胡古月用脚踩住武潘安的脑袋，逼问道。

“是……啊！”武潘安突然惨叫一声。

胡古月用余光瞧见客栈门外有个黑影一闪而过，再低头看那武潘安时，只见他痛苦抽搐了几下，而后脸色变黑，双目迸出。探其鼻息，已然是一命呜呼了。

古月检查了一下尸体，发现武潘安屁股被一枚银针射中。显然，这银针上淬有剧毒，且和昨日飞镖上是同样的毒。又是那“黑衣人”干的，此人究竟是谁！？

正如此这般地想着，只听得客栈外有人在喊：“胡公子，胡公子！”

古月循声望去，只见一个红脸黑髯的中年汉子赶着辆驴车，正朝这“风满楼”缓缓驶来。

那汉子一身猎户打扮，见了地上的尸体稍有惊讶，却也没问一句，只是将一份书信交给了胡古月。

红脸汉子附耳对胡古月悄声道：“禀报胡佥事，这是从京城带来的消息。”

这红脸汉子，表面上是个猎户，暗地里却是个锦衣卫百户。其实很多锦衣卫都有一明一暗两个身份，这种锦衣卫，被称为“密探”。

“好，信我收下了。”胡古月将书信放进袖袋里，命令道，“你莫在我身边多做停留，速速离去。”

红脸汉子点点头，驾着驴车头也不回地离开了。

二十二 旧事

掩瑕庵坐落在南京城南，虽说香火旺盛，可这庵里遵循无瑕尼师“见女不见男”的规矩，向来只接待女香客。

“杨公子，你可知道，你是我这掩瑕庵里头一个男香客。”无瑕走在前面引路，身后跟着应约而来的杨冲。她见杨冲只顾走路，也不搭话，便问道，“为何你今日如此沉默寡言了？”

“我是在想，我该称呼您为‘无瑕尼师’呢，还是‘无瑕公主’呢，还是……”

“还是什么？”无瑕停下脚步，问道。

杨冲微微一笑，道：“还是叫你‘鞶儿’。”

无瑕一愣，旋即淡然道：“既然你还记得‘鞶儿’这个外号，那你就该记得我当初对你说的话。”

“我当然记得。你让我别叫你尼师，说这样都把你给叫老了。还说既然我喜欢叫你‘鞶儿’，日后便叫你‘鞶儿’吧。”杨冲对那次与无瑕的初见，记忆犹新。

“如此看来，你这人的记性倒也不坏。”无瑕转过身去，杨冲看不见她的表情，只听她边走边说，“只是我现在想想，叫我‘鞶儿’太过亲昵了些，还是叫我无瑕吧。”

“好，无瑕。我不像胡古月那样视你为公主，你不会怪罪于我吧。”杨冲赶上几步，与无瑕并肩而行。

“如若有可能，我宁愿不要这所谓的公主身份。你说他视我为公主，我倒觉得，他视我如囚徒。”无瑕冷笑道。

杨冲明白，无瑕对自身的定位有一种与生俱来的尴尬，这是她的“地雷”，稍有不慎，就会将她惹怒。所以他知趣地转移话题道：“昨日在莫愁观，你约我今日来此，说有关于林大小姐的事情非告诉我不可。”他见无瑕在一处僻静的凉亭里停下脚步，也便不走了。

“来，坐下说吧。”无瑕先在一墩石凳上坐了，指着另一墩石凳，示意杨冲坐下，道，“此事真是有些难以启齿。”

杨冲听到“难以启齿”四个字，也不知道该如何接话，便只好不做回答，静静等待无瑕把话说下去。

“杨公子，你可知道我与林妹妹，是如何相识的吗？”无瑕半垂着眼帘，望着空中的白云，说道。

“在下不知，但愿闻其详。”

“两年前，我患了恶疾，此病来势凶险，性命堪忧。幸亏林妹妹金针神妙，连施了五日针后，我逃过一死。”无瑕娓娓道来。

杨冲没有想到未婚妻的医术竟然是如此高明，也佩服不已。

“一年之前有一日，我正在掩瑕庵外散步，突见林大小姐失魂落魄地在河边徘徊，要寻短见。我大惊之下将她带回庵里调养了一番后，我问她缘由，这才知道了她的秘密。若不是我耐心开导，排她心中愁苦，说不定此刻她也是我掩瑕庵中的一员了。”

杨冲闻言大吃一惊，想来这位林大小姐一定是遭到了巨大的打击，否则也不会寻死觅活、出家弃世的。

“杨公子，你觉得林妹妹是受了什么打击，才会如此看不开的？”无瑕这回不看天上的云了，而是瞧着凉亭旁的假山闲闲问道。

“这个嘛……林大小姐出身于殷实人家，也不可能嗜赌，故而绝不会是钱财方面的问题。”杨冲托着下巴分析起来，“她又是家里的独生女，被视为掌上明珠，其父又无再娶。故而也不会是在家里受了什么气。”

无瑕平静地倾听，没有点头也没有摇头。杨冲从她的脸上读不出线索，便只好硬着头皮继续分析道：“嗯……那我唯一能想到的，便是情事了。”

杨冲心想：难不成是我附身杨秀才之前，他和林黛玉发生了什么情感纠纷？按理说不会啊，我记得杨仲和我说过，杨秀才和林黛玉是指腹为婚的，一直到他死前都还没见过面呢。看来准是这小子熬不住漫长的等待，在一年之前就偷偷和林妹妹幽会了。不过……也不对啊，按照昨天在莫愁观的情形来看，林妹妹见了我似乎很陌生啊。

杨冲怎么想都觉得不对，难道是林妹妹另有别的情郎？然后对方始乱终弃，所以她一时受不了打击，想自寻短见？这似乎有点可能。不过林大小姐平日里大门不出二门不迈的，就算出门，也就是去自家药铺，还是躲在偏厅一小室内。要说她能和一个男子生出情愫，并且私订终身，最后被人抛弃，似乎缺少了所必需的接触男子的时间。

还有没有别的可能呢……别的可能……啊！对了！

杨冲豁然开朗，道：“无瑕，我想到了！”

是的，难怪要寻死觅活；难怪要在回礼中放块手帕意欲悔婚；难怪无瑕说此事难以启齿。原来如此，对，这就是林大小姐的秘密！这就是南京城里赫赫有名的林黛玉心中永远的痛。

无瑕终于把目光对准了杨冲，问道："你想到了什么？"

"林大小姐，遭遇过一场严重的不幸。"杨冲见无瑕素来平静的脸上，也微微起了波澜，"她是否……是否……被歹人强行玷污过。"

无瑕怔怔地盯着杨冲看了好了一会儿，直把杨冲看得浑身汗毛都竖了起来，这才用力地点了两下头。

果然，猜中了！

"杨公子，我再问你。"无瑕的目光中，层次分明。有期待，有忐忑，甚至带点哀求，"你既已知道林妹妹身遭不幸，已然不是处子之身。你……还愿意娶她为妻吗？"

杨冲这才反应过来，这原来不是一场推理测验，而是一场爱情测验。

老实说，杨冲对这位林大美人，是没有多少爱情可言的。这倒和她是否是处子之身毫无关系。

杨冲——归根到底，他其实是殷小君。撇去他这一身古人的皮囊不说，从思想上来看，他可是个彻头彻尾的现代人。网上大家经常开玩笑说，现代社会的处女膜已经破了。所以殷小君的"处女情结"几乎可以说是丝毫没有。就拿他深爱的朱瑶瑶来说，她和他恋爱之前，也和别的男人发生过关系。

杨冲之所以不爱这位林妹妹，主要还是因为见面次数实在太少。封建婚姻都是父母长辈包办的，新郎新娘在洞房花烛之前，互相都没见过面。所以从感情上来说，就算林妹妹还是处子之身，杨冲也不是太想娶她为妻。

但杨冲转念一想，若是今日他顺势提出悔婚，在林妹妹看来，就是嫌弃她的表现。那她好不容易愈合的情感伤口，必然会再次崩裂，痛不欲生。想到如此美人要为自己如此伤心，他内心实在过意不去。

反正我也没有“处女情结”，而且这林黛玉又是个超级美人，最要紧的是，这婚事其实已进行了一大半了，就差最后一步了。要不……要不就把这婚结了，把这美人笑纳了？

哦，差点忘了！杨冲——不，是殷小君突然想起了穿越之前，在阴间崔判官的话来。不过……崔判官是说：“如果殷先生熬不住美色诱惑，对你变了心嘛，那他就将永世不得转生轮回，再无下一世做人的机会。”如此说来，只要我胡乱结了这婚，善待林大小姐，但心里却永远只爱着朱瑶瑶，便也不算“变心”。

想了这些之后，杨冲这才开口说道：“无瑕，林大小姐身遭不幸，并不是她的错。恰恰相反，她不但没有犯错，不该被指责、被嫌弃，而且应该被珍惜、被保护。若你觉得我会因为这陈年旧事而悔婚，那你就太小看我了。”

无瑕微笑道：“我有一番污言秽语，不知当不当讲。”

“再污秽的句子，只要是从你口中说出的，都干净得很。”杨冲开玩笑道，“没什么当讲不当讲的，你只管讲便是。”

“男人的话，好似放屁。一开始惊天动地，掷地有声。而后便无踪无迹，悄无声息。”无瑕逼视杨冲道，“我只希望，你永远记得你刚才所说的话，好好对待林妹妹。”

“哈哈哈哈。”杨冲被无瑕的话给逗乐了，他迎着无瑕的目光，道，“你只管放心，我杨冲说的话……哈哈，我杨冲说的话，闻着不臭，听着不响。所以呢，绝不可能是放屁。”

无瑕难得“扑哧”一声笑了出来，露出了少见的少女姿态，道：“你这秀才，好不可靠。惯是如此油嘴滑舌，最会讨人欢心。”

“哦？我讨谁欢心了？”杨冲眯起眼，盯着无瑕。

“除了林妹妹，没人会向你讨欢心。”无瑕避开杨冲的目光。

两厢沉默了好一会儿，无瑕又道：“我将今天你那番话告诉林妹妹，她准高兴得掉眼泪。”

杨冲饱受曹雪芹同志的影响，每每想到林黛玉，总是《红楼梦》里的那个哭哭啼啼、病病歪歪的林妹妹。这回听无瑕话里的意思，他现在遇到的这个林黛玉，也喜欢掉眼泪。他摆出一副苦恼的表情说道：“这可糟了，难受也掉泪，高兴也掉泪。正是应了那句‘女人是水做的骨肉’。”

“女人是水做的骨肉……女人是水做的骨肉……”无瑕反复咀嚼着这句话，自言自语道，“能说出这样的话来的人，才是真懂女人。”

“这人叫曹雪芹。”杨冲决心把娱乐精神发挥到极致，“是……是我小时候便认识的朋友。”

两人又聊了半天的闲话，杨冲这才起身告辞。无瑕没有起身，她静静地坐在石凳上，看着杨冲越走越远。心中，是对林黛玉无限的羡慕。

二十三　对联

杨冲出得掩瑕庵，上了来时所坐的马车，吩咐车把式往乌衣巷杨家老宅去了。

马车徐徐而行，略有颠簸。杨冲躺坐在车厢之内，只觉得这车厢如同摇篮，叫人昏昏欲睡。

就在他将睡未睡之际，颠簸突得消失。他伸个懒腰，习惯性地问道："仲弟，车怎么停了？"话一出口，车内寂静无声。这才意识到小书童一早便去"回春堂"里取药回府，交于袁玉符施法解蛊的。

他晃了晃脑袋，待全然清醒后，方才撩开车帘问道："车把式，为何不走了？"

"公子，你看前面。"车把式说着，将手里的旱烟杆朝前一指。

杨冲顺着烟杆瞧去，只见前方不远处围着好几圈人，堵住了去路。

中国人从来都有看热闹的爱好，"看客精神"虽为鲁迅所不齿，但却生生不息，似乎与生俱来。一般来说，热闹越大，围观群众便越多。如今杨冲见这围观群众如此之多，想必是有大热闹可瞧。

杨冲本不想加入围观者的队伍之中。可一来人群堵住了去路，干等到他们散去不免无聊，二来也的确按捺不住好奇心跳动，故而他扶着车辕下了马车，吩咐车把式稍等片刻，便也挤进了人群之中。

待杨冲一路挤到了“人墙”的前排，这才看见大伙围观之事——原来是一伙家丁在殴打一个穷酸书生。

那落拓书生应已过了而立之年，穿件青色长衫，长衫上满是补丁。如今因被人殴打，书生在地上跌打滚爬，补丁之处也多有破损，看来他此番回到家去，不免补丁之上又要打上补丁——如果他还有布料打补丁的话。

那伙家丁足有五人之众，各个膀大腰圆，五大三粗的。见五个大汉围殴一个文弱书生，杨冲一时气不过，喊道：“住手住手！给我住手！”

五名大汉正打得兴起，围观群众也看得带劲，谁都没想到人群中会突然冒出这么一嗓子，都是一惊。家丁们一惊之余，且先住了手，在人群中找那喊话之人。

“别打了，别打了。”杨冲向前迈一步，指着已在地上蜷缩成一团、呻吟连连的书生道，“无论他做错了什么事，你们五人打他一人，也有些过分。”

“过分！？”一个脸上有块胎记的家丁冷哼一声，道，“这位公子，你不明缘由，便莫管闲事。我等过分！？韩煜这小子这般过分，你却不说！”

哦，原来这个在地上哼哼的倒霉书生，叫做韩煜。

“不管他如何过分，如今你们已将他打成如斯模样，也该消气了吧。”杨冲又走上前几步，扶起倒在地上的韩煜。只见他早已被打得鼻青脸肿，衣襟上不知沾了哪里留下的鲜血——

因他眉角、嘴唇、鼻孔无处不在流血。

可说来奇怪，这韩煜虽被打成如此模样，脸上却无一丝求饶神色，倒是一脸不屑的冷笑。就连瞧杨冲的眼神之中，都没有半点感激之情，满是从骨子里泛出来的倨傲。

杨冲只觉此人好生怪异，还来不及细想，那五名家丁又冲了上来，围住他二人，那脸有胎记的道："这位公子，我家老爷与你往日无怨、近日无仇，不想误伤了公子。但若公子不识相，非要趟这趟浑水。那就休怪我等粗莽，拳脚不长眼了！"

"你家老爷？你家老爷是谁？这光天化日之下，眼见就要将人殴打致死，难道你家老爷就不怕王法吗？"杨冲见这些家丁气焰嚣张，口气之中颇有威胁之意，心中徒增对韩煜的怜悯，决心将这闲事管到底。

"你又是什么人，难道不怕锦衣卫吗？"听那胎记脸家丁的口气，"锦衣卫"是凌驾于王法之上的。

真是岂有此理！

杨冲本想说："公子我就是锦衣卫。王子犯法尚且与庶民同罪，况且只是小小的锦衣卫！？"可转念一想，他并不像胡古月那样，有一块证明身份的铁牌；而且自己是锦衣卫密探，要是为了这等市井小事就暴露身份，却是不好。于是他诓骗家丁道："公子我也是官宦人家的，我舅舅在朝中为官，官至……官至……官至三品，我家的奴才，却也不似你们如此嚣张！"

胎记脸家丁闻言一惊，心想：这南京虽说已不是国都，可和国都比起来，该有的也都齐备。南京六部，多有大官。三品……三品……那官也不小了。万一偏巧是督察院左右副督御史，那可不妙！

想到这些，他示意另外四个家丁稍安勿躁，别轻举妄动。

“你家老爷究竟是谁！？”杨冲怒目而视，逼问道。

“来，这位公子，咱们借一步说话。”胎记脸家丁朝杨冲招招手。

杨冲犹豫片刻，心想若是不敢上前，反倒让众人耻笑他畏强胆怯，便暂且放下韩煜，走到胎记脸身边。

胎记脸将杨冲拉到一边，附耳说道：“公子，我家老爷，乃是锦衣卫指挥使马顺大人的小舅子，姓刘的老爷。方才听见公子说起家中长辈，只报官品却不报官职，想来也是怕惹事上身。今日之事与公子无关，何必要为这么个不省事的人，伤了与我家老爷的和气呢。”

杨冲见对方语气缓和，态度恭敬，便也借坡下驴道：“我刚才也是不清楚情况，一时动了恻隐之心。这位大哥，在下想问一句，这位韩公子究竟何处得罪了你家老爷，众兄弟要如此大打出手。”

胎记脸将杨冲引到刘府大门前，指着大门上一副对联，咬牙启齿地说道：“公子若是非要问个明白，也无不可。你瞧，这副对联就是韩煜这混账东西今日一早贴在我家门前的。”

杨冲见那副对联贴在刘家大门之上，上联写道：“明日逢春好不晦气，此地安能居住？”，下联乃是“终年倒运少有余财，其人好不悲伤！”读完此联，他心中只道：我的天啊，这韩煜与他刘老爷有何深仇大恨，竟然要送这么一副晦气的对联。这也难怪人家大动肝火，差五个家丁把他打得半死了。

“公子，你说，这对联贴在我老爷府上，可恨不可恨！？这混账东西，该打不该打！？”胎记脸怒火中烧，说罢，转身又欲招呼四个兄弟齐上，将韩煜暴打一顿。

杨冲见韩煜已然奄奄一息，再打可真得要出人命了。可从韩煜此人的眼神便可知道，这是个倔强至极之人。要他向家丁们哀号求饶，只怕比登天还难。

这可怎么办……杨冲见着对联，苦苦思索：明日逢春好不晦气，此地安能居住……终年倒运少有余财，其人好不悲伤……啊！有了！

杨冲福至心灵，突然想出一手妙招来。他喝住正欲行凶的五名家丁，道："你等且慢，切莫伤了好人！"

"公子，小人都带你看了这混账贴在那儿的对联了，您还说他是'好人'。这……呵呵，这话恐怕太不仗义了吧！"胎记脸狠狠瞪了杨冲一眼，道。

"哈哈哈，哈哈哈哈哈哈。"杨冲忽然捧腹大笑起来，好像听到了什么极其可笑的事情一般。

这一下，在场的众人皆露出了疑惑不解的表情。所有人的目光都集中在杨冲身上，不知他葫芦里卖的什么药。

"哈哈哈，我说你们五个，还有在场的各位，难道你们就真的没有人读得懂这副对联吗？说实话，这么吉利的对联，我还是头一遭瞧见呢。"杨冲的话越说越荒唐。

"公子，看来你是存心寻我等开心了。"胎记脸家丁掰着拳头，发出"咯咯"的响声，令人心惊肉跳的。

就连在地上的韩煜，都不免露出疑惑的神情。他奋力撑起身体，由于头晕目眩，好不容易才搞清了杨冲所在的方位，用嗡嗡作响的耳朵费劲听杨冲的奇谈怪论。

杨冲不慌不忙地继续道："我说各位，你们有谁能将这副对联给在下念一遍呢？"

"公子，休要胡闹了！这么晦气的对联，难道念一遍便会变得吉利了？你若是再要胡搅蛮缠，就……"胎记脸没说下去，只是冲着杨冲亮了亮碗大的拳头。

杨冲不理会胎记脸的威胁，好似自言自语似的朗声念道：

"'明日逢春好，不晦气；此地安，能居住。终年倒运少，有余财；其人好，不悲伤。'啧啧，好联，好联啊！"

原来他急中生智，将这联中句子的断句之处稍做变动，便将意思完全颠倒过来。晦气联一字未改，却明显变成了吉利联。

众人略一咀嚼，立即佩服杨冲的急才，无不连声叫好。

"这……这这……"胎记脸一时语塞，看看对联，看看韩煜，又看看杨冲，最后再看看众人，郁闷地一跺脚，道："好，好好好，这位公子，你的才智，小的佩服。今天算这混账命大，我放他一条生路。不过若他下次再来犯浑，就算是文曲星下凡来救，我也定不饶他！"

说完了这通狠话，胎记脸朝韩煜吐了口唾沫，便率领其余四个家丁，嘴里骂着脏话推门进了刘府。

临进门时，胎记脸将那副对联恶狠狠地一把撕下，丢在地上。

众人见热闹过了，也各自散了。

"这位韩公子，你还好吧？"杨冲大步流星地走到韩煜身边，伸手欲将他搀扶起来。

没料想这韩煜竟推开杨冲的手，用尽全身剩下的所有力气，挣扎着爬起来，踉踉跄跄地走了几步。

"韩公子，韩公子。"杨冲作势虚扶着他，跟上几步，关切道，"在下见你走动不便，不妨稍移尊步，来我马车之上。在下送你一程也不妨事。"

"无事献殷勤，非奸即盗！"这韩煜头也不回，只从嘴里挤出这一句话来。

杨冲被这不识好歹的浑人气得不行，可见此人如此一副邋遢可怜的模样，也不想与他计较，便又追上几步，道："韩公子，在下并无恶意。若有恶意，方才怎会替公子解围？”

韩煜这才停下脚步，踌躇片刻，才转身道：“方才你曲解了我的好联，我也不想和你算账。如今你送我一程，权当向我赔罪了。”

杨冲真是又好气又好笑，但心想此人已如此倒霉，也就不再与他计较，只是苦笑道：“韩兄你若是经商，说不定倒是有一番大大作为。”

“哪个是你兄弟！？你又为何讥我科举屡屡不中，只好做个不入流的商人！？”韩煜一下子进入“战斗状态”，但随即便熬不住疼，呻吟起来，脸上稍稍露出尴尬神色，问道，“说了这许多闲话，你的马车何在？”

杨冲只觉得此人简直不可理喻，但从他刚才的话里听出来，此人屡试不中，看来早就在科举的大考场里被“烤糊”了。今年是正统十三年，恰好是科举年，看来此人今年又是不中，一股恶气没处发泄，于是变成“愤青”，开始报复社会——这刘府看来就是他打击报复的对象。

可话虽如此，方才已答应了送他回家，杨冲也只好暂且忍耐，将他扶上马车。韩煜报了地址，原来住在城北郊外。

两人一路无话，就这样到了韩煜的住处，是一户破败的茅屋。门前贴有一联，上联是：功名、事业、文章，今岁已无望。下联是：嬉笑、悲欢、怒骂，明年可再来。

看来这家伙的确是个屡试不中，心中积蓄着长年累月的愤懑。

推开房门，杨冲跟他进屋门，见房中正对大门也挂着一联。上联是：半间茅屋栖身，站由我，坐也由我。下联是：几片萝卜度日，菜是它，饭也是它。

此联已经说不上好与不好，只能说是抒发真情实感。杨冲环顾四周，便觉此联确实是韩煜生活的真实写照。

“这位公子，如今我已回到家中。你还赖着不走，难道还在等着在下奉茶？”韩煜背着手，硬撑着站在房里唯一的一张桌案旁，冷冷说道。

杨冲再也没有耐心对这书呆子自找气受，便朝韩煜拱一拱手，一语不发地出了门去。

韩煜，哼，真是个怪人。算了，反正萍水相逢，我和他应该也没什么再见面的机会了。他这人怎么样，对我而言，又不是什么大不了的事情。

可惜，杨冲错了。

韩煜此人如何，对他来说，不仅是件大事——而且，是件性命攸关的大事！

这一点，来日他在西南边陲的麓川便会有深刻的感受。

二十四　布局

“刀姑娘，妾身有一事不解。”苏晓晓对着镜子，端详着自己妖媚的脸庞，“你明知道武潘安武功不如胡古月，为何还要派他去白白送死呢？”

“怎么？苏大美人，你与他做了一夜夫妻，便有了感情？如今你情郎死了，便来质问于我？”刀姑娘以一张奇怪的脸谱面具掩面，不露真容。

“瞧你说的，那只蛤蟆真叫我觉得恶心。若不是为了教主和你们土司的千秋大业，我是宁死也不愿和他同床共枕的。”苏晓晓娇声道，“妾身若真是夜来寂寞，凭我的容貌身段，想勾几个精壮俊俏的小郎君，还不是轻而易举之事。”

“哈哈，果然是天下第一名妓，风骚入骨啊。”刀姑娘笑道，“别以为我不知道，岩坦路和岩龙比这两个蠢货，也早就是你的入幕之宾、裙下之臣了。”

岩坦路和岩龙比，就是方脸汉和圆脸汉。

“岩龙比我只是稍稍吻了几下，摸了摸他的胸膛，他便成了我的走狗了。那个岩坦路嘛……呵呵，就算是让他摸了姑娘我的胸膛，他也说绝不会对刀姑娘你变心呢。”

“哼，谁稀罕。”刀姑娘一向冷血无情。

“你刀姑娘是做大事的人，自然是不会不在意这些小儿女的小情小爱。”苏晓晓扭着身子走到刀姑娘身边，假笑道，“不然，怎么会舍得将那么忠贞不渝的汉子送去城东观里送死呢？”

“你究竟想说什么？”刀姑娘沉声问道。

“问你到底打的什么算盘。”苏晓晓走到窗边坐下，抚玩着云鬓，说道，“如今我们弥勒教和你们百夷人同坐一条船，是一根绳上的蚂蚱。我是弥勒教圣女，而你是麓川土司派来的特使。怎么，刀姑娘，对妾身还有什么需要藏着掖着的？”

“人说苏晓晓色艺两绝，我看你最大的本事不是美色，也不是才艺，而是会说话。”刀姑娘带着面具，看不见表情，不过听她口气，像是在笑，“简单来说，我这些天来所做的事，是在布局。”

“哦？此话怎讲？”苏晓晓听说刀姑娘此人有两个特点，一是冷血无情，二是诡计多端。如今刀姑娘说在布局，看来此人做事，的确手段非常。

“那一日，你诱得无瑕去你那‘同心舫’上，报了自己圣女的身份，也点破了她公主的身份。而后，无瑕拒绝了你要她共同‘靖难’之请。”

“这些事情，无非是妾身遵从教主命令，分内之事而已。至于无瑕并未答应，的确可惜。你如今旧事重提，是想怪罪于我？”苏晓晓脸上露出不悦神情。

“苏美人，听我把话说完嘛。”刀姑娘知道苏晓晓误会了她的意思，解释道，“我派岩坦路和岩龙比去捉拿公主，当得知了他们要你去城东观汇合之后，我不是立刻赶来阻止你前去吗？那是因为，我已经设计让胡古月前往城东观去了。”

“什么？胡古月会去那城东观，是你安排好的！？”苏晓晓吃了一惊。

“不错，正是我的计策。我要让胡古月从他们口中得知一些秘密，却又一知半解。胡古月一定觉得奇怪，既然弥勒教和麓川土司已经联手，为何你放了无瑕，那两个蠢货又要去捉？这不是极不合理的吗？”

“是，这一点就连妾身也不明白。”苏晓晓好奇地看着刀姑娘。

刀姑娘耐心解释道：“要的就是这个‘不合情理’，因为不合情理，所以胡古月就急于找出答案。而后，我就如他所愿，给他一个答案。”

“哦？”苏晓晓开始觉得，刀姑娘此人的思路，鬼神莫测。既然鬼神都猜不中，那她也就不费心去多加猜测了，只是耐心等她的解释。

“为了让胡古月自己找到答案，我特地又派去了武潘安这条淫虫。苏美人，你还记得武潘安那天出门前，我要你喂他喝的那杯酒吗？”

刀姑娘这么一说，苏晓晓回想起确有此事，便道：“自然记得，这酒又如何了？”

“这酒里我下了‘软筋散’，就算胡古月不争气，斗不过武潘安，只需纠缠到一个时辰，武潘安自会浑身无力了。”

“什么！？照你这么说，武潘安就算武功高于胡古月，也必输无疑了？”苏晓晓惊得从床上站了起来。

“不错，我只需让胡古月知道，有人想杀他，如此便足矣。我可不想胡古月真的被人杀死。他必须活着——带着自己得出的错误结论活着。”

“错误结论？”苏晓晓像看个怪物似的打量着刀姑娘。心想：这女人小小年纪，心计竟然到如此地步，真是可怕。

“不错，错误的结论。”刀姑娘点点头，直言道，“胡古月现在一定想当然地以为，我们之所以可以捉了公主却放下船，之后又派人去捉公主。如此多此一举，就并不是真为了捉住公主，而是为了诱出保护公主之人现身。保护公主之人，自然就是他胡古月。他也确实现了身。就在他现身之后，立即又有了同门师兄前来取他性命，那就更加坐实了他的猜想——我们想要得到公主，但又惧怕那些保护公主之人。所以，我们想先将保护公主之人都除去，再把公主强带到麓川，迫使其与我们合作，共同‘靖难’。”

“难道……他的这个猜想不对吗？”其实苏晓晓也正是这么猜测的。

“呵呵，苏美人。难道你真的以为你们教主和我们土司，那么看重这个手无缚鸡之力的公主吗？真要打下江山，号令天下。不仅靠的是兵马钱粮，靠的是运筹帷幄，更要靠朝中那位大人的全力支持。一个手无缚鸡之力的公主，能有多大用处？”刀姑娘见苏晓晓惊得朱唇微张，继续道，“你也别那么惊讶，这一切，都是为了将那致命的一击，留在最关键的一刻。我不会将这机密告知于你，你也莫要再问。我只能告诉你，我们如此处心积虑所做的一切，就是为了在麓川，彻底击溃明军。”

“要等明军出兵麓川？”苏晓晓本以为，会是麓川土司率军攻打明朝疆土，没想到竟然是坐等明军来平叛。

“不，不是等，而是埋伏。”面具下，刀姑娘诡笑道，“只要有朝中那个大人物的帮忙，明军一定会来的。然后……呵呵……”

二十五 战事

正如这神秘的刀姑娘所料，胡古月此刻所思所想，和她所料分毫不差。

他日暮时分来到乌衣巷杨家老宅，向门子报了身份。不一会儿，杨冲便亲自将他迎到见客厅中。

“胡兄，我今晚本想去‘风满楼’寻你，不想你却先来我这儿了。”杨冲不等胡古月坐下，便将方才韩煜之事一股脑地说给胡古月听了。

胡古月一声不吭地静等杨冲把话说完，喝了口小厮奉上的茶，道：“杨千户，这等小事，今日我们便不议了。我今日来，是有大事相商。”

“哦？是何大事？卑职愿闻其详。”杨冲听胡古月以官职相称，又见他一脸严肃，便知道他即将要说之事，必然非同小可。

“我方才接到京城来的密报，得知了两件要紧事。”

“哪两件？”

“这第一件事，便是朝廷欲在三月份发兵西南，四征麓川。”

杨冲上一世对明朝正统年间的历史了解有限，他一直以为，正统年打的第一场大战役，便是土木堡之战。而且他始终觉得，朝廷的兵力，必然是集中在西北抵御蒙古的。可方才胡古月却分明说“四征麓川”，杨冲心想：四征……那就是说，之前已经征讨过三次了吗？这麓川到底是什么地方，竟然要四次征讨。

这其实不能怪杨冲不知道，他上一世还是殷小君的时候，所学的历史课本里面，只是浓墨重彩地介绍了正统十四年那场惊天动地的“土木堡”之战。而对历时十年之久的麓川之战，几乎是只字未提。

所谓麓川之战，是指发生在明朝正统年间，明军四次征伐云南麓川宣慰使思任发、思机发父子叛乱的战争。这四次征讨分别发生在正统四年、正统六年、正统七年、正统十三年。

殷小君穿越到明朝的年月是正统十三年二月，而第四次征伐麓川，正是发生在正统十三年的三月。

要说这场麓川之战，和他熟悉的土木堡之战，也不能说完全没有关联——明朝经过连年征战，仍未彻底平息叛乱，最终以盟约形式结束。期间连续发动数十万人的进攻，致使大军疲惫、国库亏空，对北面蒙古瓦剌的防御空虚。这间接导致了日后土木堡之战的溃败。

前三次征麓川，虽都不算成功，但第三次征讨结束时，斩了麓川土司思任发，将首级运到了京城。

原本以为事情就此平息。没想到，思任发之子思机发继续图谋不轨，野心还更进一步。

从种种迹象表明，思机发不像父亲，只要做个麓川土皇帝便能满足。他想要做的，是取代朱元璋的子孙，夺了大明江山。

于是，胡古月得知，朝廷正在筹措粮草，征募兵勇。由之前已两征麓川的老将王骥带兵，四征麓川。

此事朝中多有大臣反对，只因麓川连年用兵，死者十之七八。况且如今军民俱困，又有瓦剌边患，形势如此严峻，若要调动江南和四川各地的大量兵力，必然令朝局不稳。不但如此，连年用兵导致国库空虚。如今再要发兵西南，广征粮饷，只怕会导致流民四起、国防废弛。

然而，就在这一片反对声之中，英宗还是决定要四征麓川。不因其他，只因权监王振一力主发兵。

这些暂且不说，只说杨冲听得朝廷要征讨麓川，正在胡思乱想之时。只听那胡古月又说道："第二件事，我们在麓川的密探回报，称思机发对管辖之内的苗人十分残暴。苗人头目成古将麓川军的要塞以及布防都汇成一张地图，率族人逃往中原。只可惜此事败露，思机发命令杀手追杀，在鬼哭山脚下屠戮出逃苗人，却唯独走了成古的女儿阿兰朵。"

又是阿兰朵！看来这个阿兰朵很有可能手上持有那份地图，所以被圆脸汉和方脸汉一路追杀到了南京城来。

可是……杨冲想到这里，总感觉哪里怪怪的，却又说不上来。

"少爷，少爷！"杨胡二人正说话间，杨仲兴高采烈地冲进了见客厅。

"仲弟，我正和胡……呃，胡公子商量些要紧事，你先退下，有什么事……"

杨冲的话还没说完，杨仲就嚷嚷开来："少爷，袁姑娘法术神妙，林小姐灵丹妙药，那个苗疆女子，她醒了！"

"哦！？"杨冲和胡古月异口同声道，"醒了！？"

"是！是！醒了！醒了！"杨仲又蹦又跳，激动不已，"少爷，这姑娘说自己叫阿兰朵，是苗疆头人……"

“阿兰朵！？你说她叫阿兰朵！？”胡古月冲过去，一把抓住杨仲，急问道，“她在哪儿，她现在在哪儿！？”

“她在这里。”伴随着咳嗽声，胡古月看见袁玉符搀着个身着苗族服饰的女子走进了见客厅，“我才替她解了蛊，原本不该让她下床走动。可这姑娘不知为何，非要让我带她去见官，称有要事禀告。我一时拿不定主意，听说冲哥在见客厅，便带她来此了。”

玉符说话间，已将阿兰朵搀到一张太师椅上坐了。

“袁姑娘，还有这位杨兄弟。”胡古月对玉符与杨仲说道，“劳烦你们两位先到门外去，我……我与你家少爷，还有这位姑娘，有些要紧事要谈。”

“什么要紧事，非要赶我们走？”杨仲一直觉得，无论什么要紧事，少爷都会将他带在身边，没成想这胡古月竟然张口就要将他赶走，心中好不生气。

“哎哟，哎哟……”玉符不知为何，突然捂着肚子呻吟起来。

这下可吓坏了杨仲，忙问：“袁姑娘，你这是怎么了？”

“我也不知怎的，突觉腹中胀痛。仲哥，我心里怕，你带我去寻个郎中瞧瞧。”玉符钩住杨仲，就往门外走。

“可是……这……少爷……袁姑娘……哎……”杨仲被玉符拖着，急着想对她说什么，又扭过头，想对少爷说些什么。只是两边都想说，渐行渐远之后，两边什么都没说上。

玉符临出门时，回头对胡、杨二人调皮地眨了眨眼。

杨冲暗想：我这玉符妹子，真是机灵得很呐。

胡古月待两人出门，立即走到阿兰朵身边，蹲下身问道：“阿兰朵姑娘，我是锦衣卫四品佥事胡古月。这是我的腰牌。”他说着，从袖袋里掏出那块铁牌，递给阿兰朵。

阿兰朵本是个极漂亮的女子，只因如今病容憔悴，脸上没半点血色。她接过铁牌，一时拿不动，铁牌“哐啷”一声掉落在地上。胡古月将铁牌拾起来，竖在她眼前。阿兰朵瞪大眼睛，仔细看了半天，才“哇”的一声哭了出来。

“我……我……我身上，有麓川的军事地图……你们……快……快……”阿兰朵啜泣着，有气无力地说道，“我身上有地图……”

“好，阿兰朵，马上就能休息了，你速将身上的地图交给我们。”胡古月催促道。

“地图在……在我……在我的身上……身上……”阿兰朵固执地重复着，“身上……”

她吐出这最后两个字，便昏了过去。

胡古月暂且不敢叫人进来，他先探了探阿兰朵的鼻息，见只是昏死过去，便急忙在她身上摸索起来。

阿兰朵的身材丰腴却又凹凸有致，但胡古月只顾寻找地图，全然感觉不到这些。

摸索了半天，莫说是地图，就是纸片也没寻到一张。

胡古月急得满头是汗，他停下手，想要叫人扶阿兰朵去休养，却又担心她不再醒来，或是会插翅飞走，刚停下手就复又摸索一遍。

杨冲在一旁看着，心中也很着急。可着急归着急，找不到就是找不到。

阿兰朵刚才明明说地图就在她身上，可……可怎么就是没有呢……

身上……身上……身上……

“难道……难道是将地图纹在了身上！？”杨冲突然想到，便脱口而出。

“对啊！我怎么没想到！”胡古月一拍脑袋，恍然大悟。他看了一眼阿兰朵身上那套苗族服饰，咽了口口水，道，“阿兰朵姑娘，事出无奈，我非有意冒犯，还请恕罪了。”

说罢，他褪下阿兰朵身上的衣服。

果然，她整个后背都是文身。仔细一辨认，果真是一张地图！

这就是麓川地图与布防图了！

“杨千户，真是天佑我大明！”胡古月说着，赶紧将阿兰朵身上的衣服给她穿好。

杨冲点点头，说：“不管怎么说，先叫人将阿兰朵姑娘扶进客房休息吧。”

“不，我将她暂且抱进你的卧房，你我从现在开始，日夜轮换，不得离开这姑娘半步。”胡古月将阿兰朵一把抱起，往厅外走去。

杨冲紧跟着他，问道：“胡大人可是有什么打算？”

“杨千户，看来我们这几日便要动身，往云南走一遭了。”胡古月的口气不是商量，近似命令。

“大人……卑职……”杨冲本来觉得去云南走一遭也挺不错，全当是公费旅游。但突然想起了自己与林黛玉的婚事，不免有些挂怀。

“我知道，原本这个月底是你与林大小姐成亲的大好日子。可杨千户，时间紧迫，你我堂堂男子汉，不可因儿女私情而误了国家大事啊！”胡古月边走边低声说道，“我原本寻思着，将此女身上的地图绘上一张，八百里加急传到云南。可转念一想，此女身上不单有一张地图，可能还有其他意想不到的用途。所以，先将她安置在你家调养五日，然后我们俩便直接护送她到云南去。”

杨冲不知胡古月有何打算，但他觉得自己不会武功，护送这种事，似乎轮不上他去做。说话间两人已来到了杨冲的卧室门前。

“杨千户，我知道你所虑何事。”胡古月待杨冲打开房门，便走到床边，将阿兰朵轻轻放于床上，道，“你虽不会武功，可你才智机敏过人。你我一文一武，相辅相成。如今朝廷正在用人之时，你我若能进绵薄之力，也当不吝报国。更何况，弥勒教的老巢可能就在云南。我们此去云南，说不定还可以一举荡平妖穴，这样，无瑕公主便可少一分烦恼。”

“胡大人微言大义，卑职受益匪浅。”杨冲深吸一口气，说道，“五日之后，我自当追随大人前往云南。”

杨冲——不，是殷小君——或许不曾想到，他的穿越之旅，就从这一刻开始，步步惊心。

（第一卷，完）